LA MIGLIORE OFFERTA (THE BEST OFFER) by Giuseppe Tornatore

Copyright © 2013 Sellerio Editore. Palermo
Korean Translation Copyright © 2018 Buonbooks
All rights reserved
The Korean language edition is published by arrangement with
Sellerio Editore through MOMO Agency, Seoul.

이 책의 한국어판 저작권은 모모 에이전시를 통해
Sellerio Editore와의 독점 계약으로 "본북스"에 있습니다.
저작권법에 의해 한국 내에서 보호를 받는 저작물이므로
무단전재와 무단복제를 금합니다.

GIUSEPPE TORNATORE
더 베스트 오퍼
La migliore offerta

주세페 토르나토레 지음
이현경 옮김

BUONbooks

이중대위법

영화계에서 일을 한다면 직접 이야기를 할 줄 아는 게 좋다. 영화는 입으로 말한 이야기에서 시작된다. 요즘 들어 책 읽는 사람이 점점 줄기 때문만은 아니다. 과거에도 마찬가지였다. 책 읽을 시간이 있고, 독서를 좋아해도 영화제작자는 영화감독과 시나리오 작가와 일을 시작하기 전에 영화에 대해 직접 듣는 것을 좋아했다.

그래서 어쩌면 레스토랑이나 바에서, 혹은 사무실에서, 아니면 비행기 안이나 축제의 어느 구석에서 말로 전하는 이야기에 영화의 운명이 좌우됐거나 좌우될 수 있다.

어떤 영화에 대한 아이디어를 가진 사람이 청자의 호

기심을 자극하고 줄거리를 이야기하는 데 성공한다면 아마 영화의 서두를 글로 쓰는 책임을 맡을 것이다. 이는 영화 제작이 착수될 약간의 가능성을 의미한다. 그 후 대개 몇 줄로 쓰는 영화의 주제가 이야기했을 때와 같다면 시나리오를 쓸 좋은 기회가 생긴다. 하지만 대본을 쓰는 데 시간을 낭비하지 않기 위해 30-40쪽만 먼저 써달라는 요청도 많다. 간단한 주제에서 조금 진전된 원고지만, 아직 완전한 대본은 아니다. 그 소량의 대본은 어디에 쓰일까? 대본 진행과 발맞춰 유명 배우의 관심을 불러일으키고, 초기 투자금을 구하고, 공동제작자와 계약을 마무리하고, 배급처를 미리 확보하는 데 사용한다. 영화 제작은 이렇게 진행되는 경우가 많다.

나의 경우, 내용을 직접 이야기로 전달하기 전에 보통 다른 일이 일어난다. 나는 일반적으로 한 아이디어를 아주 오래, 심지어 몇 년씩 곰곰이 생각한다. 이야기 구성이 만족스러울 정도로 탄탄하고 극적 완성도를 성취할 만한 자질이 있다는 확신이 들 때만, 그럴 때만 비로소 혹시 어떤 제작자가 내게 새로운 계획이 있는지 물어오면 직접 설명을 해야겠다는 자신감이 생긴다.

〈더 베스트 오퍼〉는 이 과정보다 훨씬 더 복잡했다. 이 영화는 정말 특이하게 탄생했다. 1980년대 중반에 매우 내향적인 여인이 이미 내 메모에 등장인물로 자리 잡고 있었다. 이 주제의 아이디어를 메모하고 다른 여러 조사를 했다. 그 여인은 여러 심각한 정신 문제를 겪은 뒤, 길을 걷는다거나 타인과의 교류에 극심한 공포를 느껴 집 안에 틀어박힌다. 이것이 내가 현실에서 수집한 이미지다. 나는 이 아이디어에 매료되었고 기회가 될 때마다 이를 구체화하는 것을 좋아했다. 인물의 성격과 그녀가 겪은 인간사를 스케치하고, 그것들이 만들어 낼 수 있는 이야기를 궁리했다. 같은 인물을 두고 다양한 주제를 가정했지만 나를 들뜨게 하는 소재는 찾지 못했다. 그리고 무엇보다 플롯을 마무리할 수 없었다. 그 여인은 오랜 세월 동안 집 안에만 틀어박혔던 게 아니라 내 서재 서랍에도 갇혀 있었다.

그러던 어느 날, 나는 내가 쌓아 올린 산더미 같은 메모의 연옥 속에서 당혹스러운 인물을 만났다. 그 인물 역시 자신에게 어울리는 서사 속으로 나가길 기다리고 있었다. 그는 내가 항상 매력을 느꼈던 미술계와 골동품 세계에서 열심히 활동한 남성이었다. 나는 이 인물도 아주 오랫동안 고민했다. 이 인물을 미술품 경매사로 결정한 순간과 장갑에 집착하는 성격적 특징을 부여하기 시작한 때가 또렷이 떠오른다. 그러나 이 인물도, 그를 토대로 생각한 다양한 주제들도 나를 당혹스럽게 했다. 그 주제들 모두가 근사하게 시작하고 훌륭한 서사가 전개되지만 언제나 결론에서 만족스럽지 않았다.

지금은 무슨 이유로 그렇게 당혹스러웠는지 정확히 기억나지 않는다. 공통된 이야기가 없는 두 인물 사이에도 설명할 수 없는 끌림이 있다는 걸 직감해서인지, 이와는 전혀 다르지만 서사적으로 접근할 수 없는 운명으로 연결된 두 개의 아이디어가 내 앞에 있다는 단순한 사실 때문인지, 아니면 두 가지 이유 모두가 원인인지 알 수 없다. 나는 즉시 자신들의 운명을 찾는 두 주인공을 동일한 선상에 놓으려고 시도하면서 이들의 경우가 보기 드문 예라고 생각하려 했다. 두 인물은 다른 시대에 태어났을 뿐만 아니라 전혀 다른 매력과 관심을 가지고 있어 아무 관계도 없었다. 하지만 나는 음악 용어로 '이중대위법'이라는 과정을 따르며 두 인물이 교류할 수 있게 했다. 이중대위법은 하나의 가락에 다른 가락을 삽입해서 서로 다른 주제가 공존하는 것으로 각각의 가락이 지닌 잠재적 표현력과 조화를 새로운 형태로 고양하는 것이다. 에두르지 않고 말하자면, 나는 그저 매혹적이지만 결론을 낼 수 없던 두 이야기를 중첩하기만 했다.

두 인물을 연결하자 광장공포증이 있는 여인의 사연과 경매사의 이야기가 기적일 정도로 완벽한 서사를 만들었다. 내가 오래전부터 찾았으나 성공하지 못한 것이었다. 일하면서 경험하는 흥분된 순간 중 하나였다. 물론 놀이 그 이상은 아니다. 그러나 그 놀이에서 나 자신도 모르는 사이 뜻하지 않았던 플롯에서 찾고 있던 해결책이 탄생했다. 그 플롯은 처음 생각한 두 인물의 느낌을 어쨌든 간직하고 있었다. 그리고 작업실에서의 창작과 영화계 장인들의 아이디어에서 〈더 베스트 오퍼〉가 탄생했다. 아주 단순하고 짧지만 서브 텍스트에서 상당히 풍부한 사건은 결말에서야 그 모습을 드러냈다. 교양 있고 고독한 남자의 인간적인 행로에 초점을 맞춰 이야기의 일관성이 유지되도록 면밀하게 준비한 플롯이다.

젊지 않은 남자의 비사교적인 면모와 편집적일 정도로 정확성을 추구하는 성격은 서로 유사하다. 그는 미술품 전문가이자 경매사인 자신의 직업에서 그 정확성을 한껏 발휘한다. 오래된 저택에 유산으로 남겨진 미술품들을 경매해달라는 젊은 여자의 전화를 받은 고미술품 경매사인 그는 회색빛 인생을 바꿀 열정의 한가운데 서게 된다. 전체적인 서사 구조의 기원이 된 명확한 방법론에 의거해 이 작품을 사랑으로 승화시킨 예술에 관한 영화라고 정의할 수 있겠지만, 예술의 결과물로 이해된 사랑에 관한 영화라고도 할 수 있을 것이다.

이야기의 구도가 완전히 갖춰졌을 때에도, 나는 성급히 제작자들에게 이야기를 들려주지 않았다. 오히려 그 소량의 대본을 버려야 한다고 직감했다. 그런 대본은 보통 초기 제작에 돌입할 때 필요한 것이지만, 어차피 아무도 내게 요구하지 않았다. 결국 그 몇 장 안 되는 대본을 폐기했다. 내가 30-40페이지 정도의 대본을 써야겠다고 생각한 이유는 오로지 나 자신에게도 설명할 수 없는 충동, 즉 문학적인 코드로 플롯을 구성하겠다는 막연한 충동에 응답하기 위해서였다. 어떤 면에서는 그 충동을 여전히 설명할 수 없다. 잠깐의 글쓰기를 출판물로 만들 생각은 아니었다. 나는 출판에 전혀 관심이 없었고 출판은 내 아이디어를 뒷받침하는 데 어떤 기능도 유용성도 없었다. 그저 이 영화를 만들 때 책을 영화화할 때 따르는 전통적인 과정에서처럼 문학적 인물을 그리려는 생각을 가지고 있었을 뿐이다.

이런 입장에서 이 글을 썼고, 글은 실제로 영화 초기 각본과 극적 구조 완성, 최종 대본 원고 작업에 아주 유용했다. 그러니까 이 짧은 소설은 문학적 유용성을 의도했다기보다는 오로지 방법론적인 필요에 의해 탄생했다. 출판인 안토니오 셀레리오의 출판사에서 낸 《신 시네마 천국》과 《바리아》처럼 출판 가능성을 염두에 두었을 듯하다. 내게 〈더 베스트 오퍼〉 대본을 읽어보겠다고 청하고 소설적 시각으로 다시 쓸 수 있는지 물었을 때 내가 당황한 이유가 바로 이 때문이다. 신기한 일이라고 생각했다. 나는 처음에 구조적으로 문학적인 분위기가 나게 대본을 시작하고 싶었는데 이제 그 출발상황으로 되돌아가서 훨씬 더 문학적인 방식으로 글을 쓰라는 요청을 받은 것이다. 안타깝게도 나는 영화 후반 작업에 정신이 없었다. 소설을 쓸 시간이 없었다. 다행이었다고 덧붙이고 싶다. 내게 영화 대본을 소설로 바꿀 능력이 있는지 알 수 없었기 때문이다. 그러나 안토니오는 포기하지 않았다. 그는 이 영화를 최초에 어떻게 기획했는지 알고 싶어 했다. 나는 그에게 이야기하다 대본의 앞부분을 얼핏 말하는 실수를 저질렀다. 그가 대본을 읽고 싶다고 요청했을 때 놀라지 않았지만, 이를 출판하자고 제안하리라고는 전혀 예측하지 못했다. 내가 즐겨 말하는 식으로 하면, 그 '주제'는 출판을 목적으로 탄생한 게 아니었다. 기껏해야 영화 제작 구상 단계에서 흔히 일어나는 작업의 한 단계였다. 그래, 영화 작업 과정을 증명하는 기록이라고 해두자. 이렇게 생각하고 나서야 그 제안을 수락할 자신이 생겼다.

  이 얇은 책이 독자에게 있는 그대로 이해됐으면 좋겠

다. 이 책은 진정한 소설이 아니라 한 영화감독이 좀 더 민첩하고, 좀 더 단순하고, 좀 더 자신의 직관에 맞게 작업을 진행하기 위해 고안한 전략 중의 하나를 증언하는 것뿐이다. 형식적으로 순수하지 않은 텍스트다. 소설이라고 할 수도 있고, 영화 대본이라고도 할 수 있고, 둘 다라고도 할 수 있다. 하지만 영화가 준비된 지금 다시 읽어보니 행간에서 등장인물들의 특징에 대한 아이디어를 발견할 수 있다. 여기저기 잠재적인 대화의 실마리가 눈에 띈다. 훗날 이것들이 발전해 영화에 등장할 것이다. 반면 영화에서 중요하게 다룰 수 없을 부분도 있다. 좀 더 발전시키거나 근본적으로 변형해야 할 요인이다.

이야기로 표현하기에 적절한 직관적인 부분들이 있는데 이것들은 후에 대본으로, 곧이어 영화로 중요하게 옮겨간다. 완전히 주변적이지만은 않은 등장인물들은 이야기를 스스로의 힘으로 유지할 다른 인물에게 흔적을 남기고 사라진다. 각 장이 아주 짧게 나뉘어져 있는데 대본에서 전형적으로 볼 수 있는, 장면의 개별적인 컷을 연상시킬 수 있다. 그렇지만 〈더 베스트 오퍼〉는 소설이라고

하기에는 적절하지 않다. 내가 영화에서만 그 고유권리를 찾을 수 있다고 생각하는 파격이 담긴 텍스트로 남을 것이다. 영화를 진행하는 내 방식대로, 임시로 여러 단어를 얼기설기 엮어 놓은 대본은 그저 도구로만 남아 있어야 했는데, 책이 되는 고귀하고 과도하기까지 한 운명을 맞았다. 어쨌든 아주 재미있을 것이다. 영화를 만드는 일에는 규칙이 없다. 그래서 평소에는 불가능하고 잘못된 것처럼 보이는 모든 일이 갑자기 여러분 눈에, 특히 다른 사람의 눈에 정당한 일로 보일 수 있다.

주세페 토르나토레
2012년 12월 2일 로마

1

그날 아침은 모든 게 다른 날과 달랐다. 버질 올드먼은 오랫동안 그 점이 의아했지만 적절한 해답을 찾지 못했다.

유명하거나 상류층 의뢰인이 아닌 상황에는 대개 조수를 보내 사전 조사를 했다. 그러나 클레어 이벳슨의 목소리를 듣는 순간 호기심이 생겼다. 젊은 여자는 최근 양친을 잃었는데, 처분할 저택의 그림과 고가구들의 값을 평가해달라고 요청했다.

어쩌면 그 전화가 그의 예순세 번째 생일날 처음 받은 전화였기 때문일 수도 있다. 일상생활에서 만나는 뜻을 헤아릴 수 없고 무분별하지 않은 그런 신호들 중 하나로 보이게 만드는 무엇인가가 있었다. 여자의 목소리에 무장해제된 수줍음이 담겨서인지도 몰랐다. 여자의 목소리는 그에게 막연한 불안을 불러 일으켰다. 아니면 단순히 말로 표현할 수 없는 이유 때문일 수도 있었다. 사람들은 그런 알 수 없는 이유 때문에 삶의 원칙과 정반대여서 잘 모르는 일에 빠져들기도 한다. 어쨌든 유럽 최고 예술품 경매사 중 한 사람이며 고미술 전문가인 버질 올드먼은 최대한 자연스럽게 평가를 원하는 시기와 장소만을 물었을 뿐이다. 그렇게 그는 직접 그 일에 개입했다.

2

비 내리는 어느 봄날, 18세기 말에 지어진 저택의 철책문 앞에서 만나기로 약속했으나 여자는 나타나지 않았다. 그 저택은 아무도 살지 않는 게 분명했다. 올드먼은 몹시 화가 났다. 36년 간 경매사로서 존경할 만한 경력을 쌓으면서 이렇게 무례한 사람은 없었다. 솔직히 말하면, 올드먼이 워낙 비사교적이라 그럴 기회가 있는 사람도 많지 않았다.

직업적으로 신중한 태도는 비밀스러운 성격과 쌍벽을 이뤘다. 호기심 많은 고미술품계에서눈 여자를 싫어하는 그를 둘러싸고 적지 않은 전설이 탄생하곤 했다. 심지어 아직 그가 동정일 것이라고 주장하는 사람도 있었다.

붓놀림이 보잘것없어 20세기 초반 무명 화가의 그림으로 추정된 〈숲속의 폐허〉가 사실은 마사초*의 희귀작임을 알아맞힌 것으로 유명한 경매사 버질 올드먼의 이성 관계에 대해, 거짓이든 진짜든 아무것도 알려진 게 없었다. 마사초의 작품 이야기는 꾸며낸 게 아니라 역사적으로 확인된 사실이었다. 마찬가지로 버질 올드먼이 여자와 함께 있는 광경을 본 사람이 아무도 없다는 것도 증명되었다.

버질 올드먼이 믿어지지 않을 정도로 장갑에 집착한다는 이야기도 하지 않을 수 없다. 그는 수백 켤레의 장갑을 갖고 있었다. 안감을 대지 않은 장갑, 속을 넣은 장갑, 스포츠 장갑, 캐시미어 장갑, 돼지가죽 장갑, 새끼 염소가죽 장갑, 스웨이드 장갑 등 겨울이나 여름이나 늘 장갑을 꼈다. 감정과 평가 의뢰를 받은 그림을 살짝 만질 경우에만 장갑을 벗었다. 뿐만 아니라 일평생 그는 장갑을 끼지 않

---

* 마사초(Masaccio, 1401~1428), 이탈리아 르네상스 화가. 최초로 원근법을 이용해 그림을 그렸다.

은 손으로 손잡이를 잡거나 인터폰 버튼을 눌러본 적이 없었다. 맨손으로 누군가와 악수를 한 적도 물론 없었다. 장갑을 낀 모습은 별로 세련돼 보이지 않았고 그도 그 사실을 잘 알고 있었다. 그러한 강박증은 그조차 어찌할 수 없을 정도로 강력했다. 그는 다른 사람의 축축한 피부와 손이 자기 손에 닿는 걸 혐오했다.

그러한 강박증은, 그의 성격과 모순되는 온화함과 카리스마가 없었다면, 세상에 대한 불신으로 보일 수 있었는데 완전히 틀린 것만은 아니었다. 그렇지만 버질 올드먼은 고독한 남자였다. 그의 고독은 자신이 강하게 원해서 스스로가 차곡차곡 쌓아올린 것이었다. 좋든 나쁘든 조용한 삶을 영위하고, 아무도 방해할 수 없는 균형을 유지시키는 유일한 조건이었다. 그래서 다음 날 클레어 이벳슨이 그에게 전화해 전날의 일을 사과했을 때 딱딱하게 응했다.

여자는 몹시 당황했다. 사무실로 전화를 해 그와 연락하려 했으나 전날 오후에는 아무도 없었다고 했다. 그리고 그녀는 올드먼의 휴대전화 번호를 알지 못해 직접 그에게 직접 연락하지 못했다고 덧붙였다. 휴대전화를 한 번도 사용하지 않은 것을 자랑스럽게 생각하는 버질은 전화를 끊고 싶은 충동을 느꼈다. 주머니에 사생활을 침해하는 암살자를 넣고 다닌다는 상상은 부패하기 시작한 시체의 얼굴을 맨손으로 만지는 것보다 끔찍했다.

여자가 약속 장소로 오다가 교통 사고를 당했다는 것을 알고서야 겨우 수화기를 내려놓고 싶은 욕망을 누를 수 있었다. 다행히 큰 부상은 없었으나 그 사고로 그녀는 가까운 응급센터에 급히 갔다고 했다. 버질은 젊은 여자가 상속 받은 저택에 상당히 중요한 미술품이 숨겨져 있을지도 모른다는 가능성을 잠시 생각하다가 결국 한숨을 쉬었다. 그 한숨은 이 낯선 여자에게 다시 약속할 기회를 주겠다는 뜻이었다. 그녀는 즉시 주의를 집중했고 올드먼은 아마 자신과 함께 일하는 사람이 그 장소에 갈 거라고 말했다. 클레어 이벳슨은 다시 생각해달라고 간청했다. 그녀는 가능한 한 빨리 그를 만나고 싶다고 애원했다. 그리고 듣는 사람을 약간 당황스럽게 만드는 그 부드러운 목소리로 감사 인사를 했다.

3

    그날 저녁 버질 올드먼은 혼자서 '슈타이어렉*'에서 저녁 식사를 했다. 그는 항상 혼자 저녁을 먹었다. 가는 곳은 정해져 있다. 여러 해 동안, 그는 일 때문에 체류하는 도시마다 단골 레스토랑을 하나씩 선정했다. 베를린의 '레스토랑44', 런던의 '더 랜도', 로마의 '카시나 발디에르', 파리의 '레 장바사되르' 같은 곳이었다. 익숙한 곳을 드나들며 얻을 수 있는 편안함 때문이 아니었다. 버질 올드먼의 개인 접시와 컵, 포크와 나이프, 냅킨으로 서비스하겠다는 특별

---

* 오스트리아 빈의 유명 레스토랑.

한 약속을 받았기 때문이다. 그 고급 레스토랑의 지배인들은 버질 올드먼의 음식 취향을 속속들이 알고 있었다. 그러나 예술계의 노련한 거장이라는 그의 명성 외에는 전혀 알지 못했다.

청년 로버트 라르킨 역시 슈타이어렉의 요리사들보다 버질에 대해 아는 게 더 많지는 않았다. 솔직히 말하면 아마 요리사들보다도 아는 게 없을 것이다(그들만큼도 알지 못할 수도 있다). 올드먼과 바에서 애피타이저 음료 한 잔 같이 마시며 마음을 나눈 적이 한 번도 없기 때문이다. 그렇지만 두 사람은 놀랍게도 계속 만났다.

버질은 경이로운 손재주를 가진 그 청년의 작업을 지켜보는 걸 좋아해 그의 연구실 겸 작업장에 드나들었다. 지구상에 있는 어떤 도구도 로버트의 손을 거치면 작동했다. 그는 시대를 막론해 모든 기계를 수리할 수 있었다. 악기, 화기(火器), 핀볼 기계, 전신기, 전기 장난감, 라디오, 나침반, 슬라이스 기계, 만화경, 저울, 압력계, 공업용 기계 등 못 고치는 게 없었다. 외국 수집가들은 오래돼 변형

되고 마모된, 그리고 종종 가장 핵심적인 장치가 빠진 복잡하고 희귀한 기계를 로버트에게 보냈다. 그리고 그들은 나중에 제 형태로 복원되고 완벽하게 작동하는 기계로 돌려받을 거라고 확신했다.

서른 살을 갓 넘긴 호감 가고 예의 바르고, 상상력은 별로 없지만 지혜로운 청년이 어떻게 최근 2백년 간 제작된 모든 기계와 전기장치의 작동 시스템을 이해 하는지는 수수께끼였다. 사랑하지 않을 수 없는 매력적인 청년이라 낡은 헤어드라이어나 인쇄기를 수리하러 그를 찾는 모든 여인은 운명적으로 그에게 반하곤 했다. 능숙함과 힘과 지혜를 겸비한 우아한 동작으로 도구를 다루는 그를 바라보면 기분이 좋아졌다. 상상도 할 수 없는 물건들을 만지느라 손마디가 굵어진 그는 버질 올드먼과 정반대였다. 어쩌면 바로 이런 차이에 이 고독한 경매사가 정신없이 복잡한 로버트의 작업장을 이따금 찾는 이유가 있을지도 모른다.

올드먼은 열정적으로 꼼꼼하게 작업하는 로버트를 관찰하면 마음이 평화롭고 맑아졌다. 경매사라는 직업에 일부 숨어 있는 품위 없는 측면으로 인해 잃어버린 평화와 평온이었다. 로버트 입장에서는 신속하면서도 예의 있고 무심하게 자신에게 향하는 그런 관심이 좋았다. 그런 태도들 속에서 올드먼과 깊은 우정을 예감할 수 있었다. 두 사람은 여러 해 전부터 알고 지냈지만 서로 존댓말을 썼다. 그래서 레오나르도 다빈치가 발명한 기계라든가, 아르키메데스의 나선식 펌프라든가, 만년필이나 타이츠의 발명에 대해 이야기를 나눌 때도 계속 조심스럽게 격식을 갖춰 이야기를 했다.

그 대화를 중단시키는 것은 로버트의 장비에서 나오는 소음과 가끔씩 드나드는 손님들이었다. 그럴 때 버질 올드먼은 그의 영역에서 벗어나는 유일한 예술 형태, 생명이 없는 물건을 되살리는 그 예술을 감탄하는 이름 없는 숭배자가 되었다. 골동품상이나 비평가, 수집가, 그리고 그와 이해관계에 있는 사업가들이 온갖 희한한 물건들 한가운데서 어린 소년처럼 넋을 놓은 그를 보면 그가 올드먼이라고 상상도 하지 못할 것이다. 로버트 역시 경매를 진행하는 올드먼을 본다면 딴 사람이라고 생각할 것이다. 수동 드릴이나 물시계가 재탄생하는 것을 보며 넋을 잃는 사려 깊고 호기심 많은 그 남자는 경매장에서 존경심뿐만 아니라 두려움까지 불러일으키는 절대적인 권위자로 변했다. 그는 아주 엄격했으며 편집적일 정도로 정확했다. 이미 오랜 세월 자신의 일에서 단 한 번도 낙찰과 관련해 그 어떤 분쟁을 겪지 않았다. 예술품을 확인하고 평가하는, 무엇보다 첫눈에 위작을 가려내는 그의 직관력은 널리 인정받았다. 그는 세상을 신뢰하지 않지만 세상은 그를 믿었다. 올드먼이 경매에 나온 최고 경매품을 뚫어지게 보며 망치를 때릴 때 낙찰 받은 사람이나 그렇지 못한 사람 모두 그보다 더 훌륭한 낙찰은 있을 수 없음을 알았다.

4

 딱 한 사람만 그렇지만은 않다는 사실을 알고 있었다. 그 사람은 빌리 휘슬러라는 그다지 성공하지 못한 늙은 화가로 올드먼을 은밀하게 개인적으로 돕는 협력자였다. 사실 그가 올드먼의 경매장에 가는 일은 매우 드물었다. 그는 경매에 참가하는 일반 고객처럼 사람들 틈에 앉았다. 그는 그림 경매에 참가하곤 했는데, 언제나 낙찰 받는 데 성공했다. 어쨌든 이 모든 과정에는 이상한 점이 전혀 없었다. 경매에서 구입한 그림을 받고 며칠 지나지 않아, 오랜 친구 버질에게 그 작품들을 규칙적으로 가져가는 이상한 습관조차도 의심스럽지 않았다. 그는 작품들 대신 경매에 쏟아 부은 막대한 금액을 돌려받는데, 원금을 훨씬 초과한 액수였다.

그 속임수 덕에 올드먼은 아무도 모르게, 만일 다른 사람이 소장한다면 가슴 아팠을 그 작품들을 손에 넣을 수 있었다. 진짜 이상한 점은 그 그림들의 모델이 전부 여성이라는 사실이었다. 여자 초상화는 그가 유일하게 열정을 갖고 있는 것이었다. 그는 셀 수 없을 정도로 많은 여자 초상화를 소장했다. 화풍과 화가가 모두 달라서 중요한 가치가 있지는 않았다. 그러나 그 여자들 얼굴에는 아주 특별한 공통점이 하나 있었다. 그녀들의 시선이 모두 전시실 한 가운데의 가상의 광축(光軸)에 집중되어 있다는 것이다. 그래서 어떤 각도에서 보든 관객의 눈을 응시하는 것처럼 보였다. 그러한 특색을 중심으로 매우 신경을 써서 수집했기 때문에 더욱 독특했다. 버질은 그 초상화들을 자신의 집에 있는 넓은 전시실에 숨겨 보관했다. 그곳에는 버질 외에는 아무도 발을 들여놓지 못했다. 박물관 관장이 그 수집품들을 전시하고 싶어 했지만 올드먼은 아예 그 존재 자체를 계속 부정했다. 게다가 속임수를 이용해 그림을 구입했기 때문에 달리 어쩔 도리가 없었다. 그 속임수는 그가 행사할 수 있는 권력이 있기에 가능했다.

자신이 원하는 작품을 믿음직한 친구 빌리가 낙찰 받을 수 있게 하려면 경매를 이끌어가는 섬세한 능력만 필요한 게 아니었다. 의심을 사지 않으려면 적절한 순간에 낙찰시켜야 했다. 다시 말해 경매가가 처음 높아지고 난 뒤, 어쨌든 그 작품에 관심을 가진 사람들이 봤을 때 부적절하다고 느낄 정도로 가격이 오르기 직전에 낙찰을 시켜야 하는 것이다.

정말 많은 요령이 필요했다. 그리고 버질 올드먼은 능수능란하게 그 초상화들에 터무니없이 높은 가격을 책정했다. 그 결과 작품들이 그의 지하전시실에 소장되면서 수준 높은 수집품으로 격상했다. 희귀한 가치를 지닌 보석이 된 것이다. 적지 않은 경매에서 그런 방법을 썼다. 어떤 경우에는 예술적 가치가 아주 뛰어난 그림을 위작으로 거래해서, 빌리에게 주는 넉넉한 배당금까지 포함해도, 터무니없이 적은 가격을 지불하기도 했다. 심지어 진품

걸작까지 그렇게 손에 넣을 때가 있었다.

경매를 위해 세계를 돌아다니지 않을 때는, 저녁 식사를 마치고 잠자리에 들기 전, 세상에 전혀 알려지지 않은 자신의 벙커에 틀어박혀 '그의 여자들'과 함께 고요히 한 시간 가량을 보냈다. 사방은 초상화로 완전히 뒤덮였다. 그는 그 넓은 공간 한가운데 앉아 그 여인들의 얼굴을 물끄러미 바라보았다. 초상화의 눈길이 가진 신기한 특징 때문에 그들은 그의 경탄의 눈빛에 답하듯 신비하고 사랑스럽게 그를 바라보는 것 같았다. 여느 때처럼 생각에 잠긴 조용한 여자들의 친숙한 얼굴을 차례로 바라보던 어느 날 밤 올드먼은 클레어 이벳슨과의 약속 장소에 직접 가기로 결정했다.

5

 철책 문이 반쯤 열려 있었지만 버질은 그의 고객이 될 수도 있는 여자가 나타나기를 기다렸다. 몇 분 뒤 뜰 안쪽에서 중년 남자가 나타났다. 남자는 몸이 많이 불편해 보였고 걸음걸이가 불안했다. 그는 저택의 관리인이었다. 그는 대단히 죄송하지만 이벳슨 양이 지난밤 고열이 나더니 안타깝게 아직도 열이 내리지 않은 상태라고 했다. 올드먼은 실망감을 겨우 억눌렀다. 남자가 안으로 들어와 저택을 살펴보라고 권했다. 이벳슨 양이 그렇게 하도록 명령했다고 했다. 남자의 이름은 프레드였는데, 융통성이 상당하고 입담이 좋은 사람이라는 게 곧 드러났다.

버질은 오래된 저택의 방들을 꼼꼼히 살펴보았다. 건물 자체가 약간 혼합된 건축 양식으로 지어졌다는 것과는 별개로 거의 모든 장식이 상당히 고급스러웠다. 물론 입밖으로 내진 않았다. 그러나 전부 안타까운 상태로 방치돼 있었다. 최근에 사람이 스쳐간 흔적이 여기저기 느껴지기는 했지만 말이다.

제일 넓은 침실 천장은 내려앉아 있었다. 천장에서 샌 물이 흐르면서 청동 나뭇잎 무늬로 화려하게 장식된 눈부시게 아름다운 프랑스산 장롱 두 개를 위협했다. 장롱 안에는 속옷과 옷들로 빈틈이 없었다. 여자 다리 모양의 다리 세 개가 달린, 희귀한 마호가니 체스테이블 위에는 맥박 측정기, 약병, 주사기, 링거액이 수북했다. 그 테이블은 아직 유통기간이 지나지 않은 약이 쌓인 우스꽝스러운 철제 협탁과 어우러졌다. 프레드는 이벳슨 부부가 약 일 년 전에 사망했다고 알려줬다. 이벳슨 부인이 먼저, 그리고 불과 45일 뒤에 남편이 사망했다. 전기 시설에 맞지 않는, 무라노에서 만든 웅장한 샹들리에가 달린 넓은 홀에서 버질은 몇몇 그림에 매료되었고 상당한 흥미를 느꼈다. 그중에는 에이킨스* 작품 한 점과 아름다운 제리코** 그림 한 점이 있었다. 올드먼은 의자 등받이에 걸쳐진 여성용 하얀 실크 셔츠를 발견했다. 이 집에서 먼지가 두텁게 쌓이지 않은 물건은 그것 하나였다. 중요한 방들을 차례로 둘러본 올드먼은 습관대로 저택 지하실로 안내를 받아 내려갔다. 프레드는 지하실 입구까지 그를 안내하고 전등을 켰지만, 눅눅한 습기를 피하기 위해 계단에 그대로 선 채 혼자 내려가라고 부탁했다.

거미줄이 가득하고 쥐가 활개치는 지하실에 가장 훌륭한 보물들이 보관된 경우가 종종 있었다. 그 사실을 알고 있는 버질은 퀴퀴한 곰팡내의 공격을 막기 위해 손수건으로 코를 막고 전문가다운 주의력으로 지하실을 둘러보았다. 엄청나게 많은 그림이 아무렇게나 서로 포개져 있었지만, 그가 관심을 기울일 만한 것은 아닌 듯했다. 몇 개의 대형 거울 앞에 여러 조각상이 있었다. 알 수 없는 다

---

* 토마스 에이킨스(Thomas Eakins, 1844-1916), 19세기 미국의 대표적인 사실주의 화가.
** 테오도르 제리코(Théodore Jean Douis Géricault, 1791-1824), 19세기 프랑스의 대표적인 화가로 낭만주의 회화의 창시자.

른 물건들이 대형 천에 가려져 있었다. 그런 혼돈 속으로 걸어가던 버질 올드먼의 발에 어떤 금속성 물건이 살짝 닿았다. 톱니바퀴가 달린 작은 장치였는데 반쯤 녹이 슬어 있었다. 호기심을 느낀 올드먼은 그를 안내한 관리인이 없는 틈을 타 검은 가죽장갑을 낀 손으로 그것을 주워 주머니에 넣었다.

6

로버트가 그 장치를 이리저리 돌려보았다. 별다른 흥미를 느끼지 못하는 것 같았다. 주의 깊게 살펴봤지만 아주 복잡한 기계의 일부분 같을 뿐 무엇인지 알아낼 수 없었다. 혹시 잘 알려지지 않은 시계 부품일 수도 있는데 확실하지는 않았다. 그는 올드먼이 이런 물건에 관심을 보인다는 게 당황스러웠다. 그는 빈정거리는 듯한 특유의 미소를 환하게 지으며 그렇게 말했다. 버질도 웃었다. 그리고 자신이 관심을 가진 것은 장치 그 자체라기보다 그것이 지닌 모순성 때문이라고 설명했다. 그가 그 장치를 습기가 있는 바닥에서 주웠는데 이 수수께끼 같은 장치는 바닥이 아니라 톱니가 있는 위쪽에 녹이 슬어 있었다. 틀림없이 이 물건은 그 장소에 오래 있던 게 아니었다. 그가 호기심을 느끼는 이유는 이게 전부였다. 그냥 시시하고 쓸모없는 추리에 불과했다.

두 사람은 미술 전문가와 경찰 수사관의 공통점에 대해 농담을 했다. 그러면서 로버트는 거대한 병 안에 있는 갤리선의 놀랍도록 큰 돛대를 다시 정밀하게 만들기 시작했다. 긴 연장을 병 주둥이에 넣고 물에 떨어진 돛을 채 끌어올리기도 전에 오토바이가 길에 멈춰서며 요란한 소리를 냈다. 한밤의 그 소음은 로버트의 길고 긴 노동의 하루가 지나갔다는 신호였다. 로버트의 애인이 온 것이다. 두 젊은 남녀는 올드먼에게 함께 간단한 저녁 식사라도 하자고 권했다. 올드먼은 고맙다고 인사하며 초대를 거절했다. 그는 금속 켄타우로스를 타고 쏜살같이 사라지는 그 젊은이들을 바라보았다. 아름다운 애인의 등을 꽉 잡은 젊은 남자의 모습이 낯설지 않은 우울을 그에게 잔뜩 안겨주었다. 잠시 후 그는 택시를 탈 수 있는 곳까지 몇 발짝 떼어놓았다.

7

 수수께끼 같은 여자 고객은 약속을 두 번이나 지키지 못해 미안하다는 구구절절한 편지를 버질 올드먼에게 보냈다. 그와 동시에 지금까지 진행된 현장조사를 고려해 자신의 일을 맡아줄 수 있는지 물어보았다. 올드먼은 그 일을 맡을 준비가 돼 있지만 위탁 범위를 의논하고 정하려면 일단 서로 만나는 게 기본 조건임을 분명히 밝히는 편지를 썼다. 여러 통의 편지가 오가고 통화가 이어졌다.

 그렇게 전화 통화를 하는 동안 여자는 그에게 찬사를 보냈다. 버질이 최근 며칠 동안 수많은 신문의 문화면을 차지한 떠들썩한 미술 관련 사건의 중심에 있기 때문이었다. 그녀는 해당 사건을 다루는 텔레비전 뉴스에서 그를 볼 수 없어서 깜짝 놀랐다고 덧붙였다. 버질은 대중 앞에 나서는 것보다 어둠 속에 있는 것을 더 좋아한다고 대답했다. 이벳슨이 목소리를 낮췄다. 그리고 애매하지만 뭔가를 암시하듯 한숨을 쉬며 그런 면에서 자신과 아주 비슷한 것 같다고 말했다. 경매사는 그 말 속에서 꼭 집어 표현할 수 없는 고뇌를 감지했다. 그는 본능적으로 그에 관해 더 깊이 알고 싶은 생각이 들지 않았다. 하지만 냉소적인 그의 입장에서 보면, 이런저런 이유로 약속 장소에 나타나지 않는 이 낯선 여자가 모습을 드러내게 자극할 수 있는 최고의 핑계가 될 것 같았다. 여자는 힘없이 웃으며 당혹스러움을 감췄다. 그는 판매 목록 작성을 시작하는 날 저택으로 가겠다고 약속했다.

믿기지 않는 사건이 벌어진 건 바로 그런 상황에서였다. 이벳슨 저택에서 모든 가구와 그림을 목록으로 만드는 까다로운 작업이 활발하게 진행됐다. 버질 올드먼이 조수들을 지휘해서 보존 상태와 복구 여부로 물건을 분류하는 작업을 진행했다. 그러다가 문득 무라노산 대형 샹들리에가 있던 방 의자에 걸쳐 있던 흰 실크 셔츠가 사라졌을 뿐만 아니라 저택 마지막 층이 다른 곳보다 훨씬 먼지가 적고 다른 방들처럼 황폐하지 않다는 사실을 알아차렸다. 마치 최근까지 누군가 살았던것 같았다. 그 일로 그는 동요했다. 무엇보다 그들의 마지막 약속에도 불구하고 클레어 이벳슨은 여전히 나타나지 않았다.

조수 한 사람이 올드먼을 지하실로 불렀다. 천에 덮인 가구 몇 개와 관련된 문제를 알리기 위해서였다. 버질이 해결책을 내놓고 지시했다. 바로 그때 지하실 한쪽 구석에서 전에 가져갔던 부품과 아주 유사한 톱니 모양의 장치들이 눈에 띄었다. 그때 관리인 프레드가 그에게 올라오라고 손짓하며 이벳슨과 관련된 일임을 내비쳤다.

올드먼은 프레드를 따라 위층으로 올라갔지만 프레드가 자신의 휴대전화를 내밀었을 때 몹시 실망했다. 이벳슨의 전화로 약속을 지키지 못한 또 다른 이유를 댔다. 버질은 참을 수 없을 정도로 짜증이 났다. 그는 위탁계약서에 서명 없이 목록 작성 작업을 계속할 수 없었다. 여자는 그에게 필요한 서류를 저택의 어느 곳에 놓고 가달라고 부탁했다. 그러면 그가 나중에 서명된 서류를 가져갈 수 있을 것이었다. 그는 보통 모르는 사람이나 유령과는 사업을 마무리하지 않기 때문에 앞으로 이런 식으로 계속 일을 진행할 수 없다고 대답했다.

전화를 하는 동안 위층에서 인부들이 피아노를 옮기다 바닥이 긁히는 소리가 났다. 이상하게 바로 그 소리가 휴대전화를 통해서도 들렸다. 그 소리는 메아리처럼 이상하게 울렸다. 그는 그 수상한 울림을 따라 계단을 올라가며 여자와의 통화를 멈추지 않았다. 아니, 오히려 이런저런 질문으로 그녀가 말을 하게 부추겼다. 피아노를 운반하는 남자들 옆에 도착했을 때 전화 속 메아리는 더욱 선명해졌다. 그는 왠지 여자가 근처에 있는 것 같은 막연한 느낌이 들었다. 바로 그 순간 버질은 불같이 화를 내며 낯선 여자에게 이 수수께끼를 밝히라고 요구했다. 여자는 당황한 게 분명했다. 그녀는 전부 털어놓겠다며 밤 아홉 시 이후에 다시 전화를 해달라고 부탁했다. 너무 화가 난 버질은 자제력을 잃고 폭발할 뻔 했으나 클레어 이벳슨이 벌써 전화를 끊어버렸기 때문에 제때 화도 내지 못했다.

그날 오후 버질은 이벳슨 저택에서 찾은 새로운 장치를 로버트에게 가져갔다. 청년은 그것들을 확대경으로, 심지어 현미경으로까지 자세히 분석했다. 어떤 장치의 부품이 틀림없었다. 핀으로 축에 크라운기어를 고정시키는 아주 희한한 기술을 사용한 것을 고려하면 추론할 수 있는 가정은 딱 한 가지, 19세기 초엽에 만들어진 물건이라는 것이다. 하지만 그 이상한 부품들이 어디에 쓰이는 것인지 추측은 불가능했다. 그러려면 다른 부품이 더 필요했다.

8

 관리인은 정각에 도착했다. 하지만 올드먼은 몇 분 전부터 로열호텔의 바에서 그를 기다리고 있었다. 올드먼은 이벳슨 저택의 최근 역사에 대해 몇 가지 설명을 들을 게 있다는 핑계로 이 가여운 사람을 초대했다. 프레드가 들려준 이야기에 따르면, 최근 몇 년 동안 이벳슨 부부는 건강이 좋지 않았다고 했다. 이미 그때부터 저택은 방치되었고, 이벳슨 씨는 조만간 뭔가를 팔아야 할 거라고 입버릇처럼 말했다고 한다.

 사실 버질은 클레어 이벳슨의 다른 정보를 얻고 싶었다. 자신이 만나자고 해놓고 의도적으로 약속을 고집스럽게 어기고 있는 그 미스터리한 여인에 대해.

평소 아주 말이 많던 관리인도 자신의 여주인에 대해서는 태도가 바뀌었다. 그저 15년 동안 이 저택에서 일하면서 통화는 수도 없이 했지만 한 번도 만난 적은 없다고 했다. 올드먼이 고집스레 물어보자 마지막에는 자기뿐만 아니라 그녀를 만난 사람은 아무도 없다고 넌지시 말했다. 여자는 스물일곱 살로 아주 희귀한 병을 앓고 있었다.

9

 버질은 그날 밤 레스토랑에 가지 않았다. 그의 집 찬장에 꽉 찬 통조림 하나를 열어 올리브 오일에 담긴 참치를 먹었다. 정각 아홉 시에는 오래 이야기할 준비를 하는 사람처럼 거실 소파에 앉았다. 그리고 클레어 이벳슨에게 전화를 걸었다.

 전화벨이 울리자마자 여자가 전화를 받았다. 그녀의 목소리 톤이 변한 것 같았다. 처음에 버질은 자신이 화난 이유를 한시라도 빨리 이야기해야겠다는 생각에 크게 신경 쓰지 않았다. 그는 매우 침착했지만 단호했다. 그는 이벳슨 저택의 재산을 매각하는 일에 관심이 있음을 시인

했다. 하지만 이제 더 이상 이런 고약한 취향의 게임을 계속하고 싶은 생각은 없었다. 클레어 이벳슨은 몹시 차갑게 서둘러 말했다. 그녀는 자신의 유산에 더 이상 신경 쓸 필요 없다고 통보했다. 이제 생각이 바뀌어 다른 경매회사에 일을 맡기기로 했다고 했다. 어쩌면 아무것도 팔지 않을 수도 있었다. 그러더니 지금까지의 작업 비용에 대한 계산서를 보내달라고 부탁했다. 그리고 마지막으로 그를 성가시게 해서 미안했다고 말하더니 급히 전화를 끊었다. 올드먼은 당황해서 어쩔 줄을 몰랐다. 다시 전화번호를 눌러보다가 마지막 번호를 누르기 바로 전에 생각을 바꿔 수화기를 내려놓았다. 그는 지하 전시실로 이어지는 계단을 내려가서 보통 때보다 더 오래 초상화들을 바라보았다.

10

다음 날 버질 올드먼은 파리에서 아주 복잡한 경매를 진행했다. 〈의자에 앉은 여인의 초상〉 위작을 경매하는 도중 한 입찰자가 더 높은 가격을 부르려고 올드먼에게 눈짓을 한 순간, 갑자기 그의 공범 빌리 휘슬러가 최고가를 부르며 끼어들었다. 버질은 그 손님을 모른 체하며 친구에게 작품을 낙찰했다. 손님이 항의했다. 언쟁이 벌어졌다. 경매사 사장은 몹시 당황스러웠다. 그는 정확한 올드먼이 이런 곤경에 빠지는 것을 여태 한 번도 본 적 없었다. 언쟁이 아주 난처하게 진행되자 버질이 빌리에게 살짝 고개를 까딱였다. 빌리는 그 의미를 금방 알아챘다. 그는 소박한 의자에 구부리고 앉은, 귀족적 분위기에 불가사의한 표정을 한 여인의 초상화가 다른 입찰자에게 돌아가게 구입을 포기했다.

두 사람이 사적으로 만났을 때, 올드먼은 결정적인 가격을 시의적절하게 제시하지 못한 것에 대해 그를 헌신적으로 도와주는 친구를 심하게 비난했다. 수년 동안 함께 일해 왔지만 이런 일은 처음이었다. 두 사람은 팽팽한 긴장 상태에 놓였다. 빌리가 자신이 화가로서 실패한 게 올드먼이 그의 재능을 조금도 믿어주지 않아서라고 비난했을 때조차 이런 일이 일어나지 않았다. 버질은 그럴 때면 늘 같은 말을 되풀이하며 비난을 모면했다.

"그림 그리는 일을 사랑하고 붓을 잡을 줄 아는 것만으로 화가가 될 수 없는 거라네. 그림을 더 가치 있게 만드는 능력이 필요하지, 빌리. 자네는 그걸 한 번도 가져본 적이 없어."

그런 말을 들어도 빌리는 절대 화를 내지 않았다. 지금 버질은 제정신이 아니었다. 빌리는 그에게 왜 그렇게 화를 내느냐 물었다. 버질은 〈의자에 앉은 여자의 초상〉을 위작으로 분류하고 그에 맞는 가격으로 책정했지만, 사실은 진품인 데다 놀랄 만큼 거액이라고 설명했다. 빌리 휘슬러 노인은 그 사실을 알자 가슴이 쓰렸다. 일을 성사시키지 못한 것에 정말 죄책감을 느꼈다. 하지만 그는 친구 버질이 기분이 좋지 않은 이유가 비단 그 이유 때문만은 아니라는 것을 확실히 감지할 수 있었다.

11

슈투트가르트 미술대학에서 강의를 마친 뒤, 버질 올드먼은 아주 중요한 갤러리 운영자를 만났다. 뜻밖에도 그는 버질이 소장한 그림들의 전시를 제안했다.

"난 소장한 그림이 없소."

"선생님께서 아주 귀중한 여자 초상화들을 숨기고 있다는 소문이 있습니다."

"난 어떤 여자도 감춰두지 않았소."

버질이 빈정거리며 대화를 끝냈다.

슈투트가르트에서 돌아온 올드먼은 이벳슨 저택 앞에 있는 작은 바로 갔다. 그 바의 넓은 유리창 뒤에 서서 한

참 동안 아무도 살지 않는 건물을 지켜봤다. 그가 서 있는 곳에서 조금 떨어진 곳에 두 명의 손님이 난쟁이 처녀에게 질문을 던지며 노닥거리고 있었다. 그녀에게 하는 질문들은 터무니없는 수학 계산 문제였다. 혼란스러워 보이는 눈빛의 젊은 여자는 놀랄 만큼 쉽게 문제를 풀었다. 버질 올드먼은 그런 대화에 그다지 신경을 쓰지 않았다. 그는 차를 한 잔 시켰지만 마시지 않았다. 불과 몇 분 뒤, 난쟁이 여자가 대수적 수와 초월수가 뒤섞인 아주 복잡한 문제를 풀었을 때, 올드먼은 관리인 프레드가 봉투를 들고 저택의 철책 문을 지나가는 것을 목격했다. 봉투 안에는 식품들이 잔뜩 들어 있는 것 같았다. 올드먼의 의심이 맞아떨어진 것이다. 저택에 사람이 사는 게 분명했다.

12

 다음 날 버질 올드먼은 사무실에서 비서가 전하는 수많은 연락 중 클레어 이벳슨의 전화를 발견했다. 그녀는 오후 다섯 시에 이벳슨 저택으로 자신을 만나러 와 달라고 부탁했다.
 이번에도 철책 문이 반쯤 열려 있었다. 버질은 문을 밀고 안으로 들어갔다. 뜰을 가로질러 가던 버질은 관리인 숙소에서 이사가 한창인 것을 발견했다. 저택 현관문으로 다가가 진회색 장갑을 낀 손을 문에 댄 그는 문이 열려 있는 것을 알았다. 그는 문을 지나 계단을 올랐다. 피아노가 있는 방에 들어갔을 때, 클레어의 정중한 목소리가 공중에 울렸다.

"제 초대를 받아주셔서 정말 감사합니다, 올드먼 씨."

경매사는 주위를 둘러보았으나 아무도 보이지 않았다. 그래도 어쨌든 대답을 했다.

"나라는 걸 어떻게 안 겁니까?"

"관리인은 다리를 절어요. 선생님은 아니시고요."

이벳슨의 목소리가 대답했다.

"솔직히 말해서 다시 나와 이야기하고 싶어 할 거라 예상하지 못했소."

버질은 도발적으로 말하고 여자가 다시 반응하기를 기다렸다. 클레어가 장난스럽게 말했다.

"제 변명을 더 이상 듣고 싶지 않다는 걸 알아요. 제가 선생님이었어도 더 이상 참을 수 없을 거예요."

버질은 말소리를 따라갔다. 한 걸음 한 걸음 옮기다 보니 그 방의 제일 넓은 벽 쪽으로 가고 있었다.

"그런데 또다시 선생님을 짜증나게 할 수밖에 없을 것 같아요. 제 태도에 대해 사과드리고 싶어요."

그때 올드먼은 얼핏 보았을 때 보이지 않던 문 앞에 섰다. 문은 벽 한 면을 거의 다 차지한 트롱프 뢰유*로 위장돼 있었다. 그녀의 목소리는 그 뒤에서 들렸다. 대화는 그렇게 그 문을 사이에 두고 계속되었다. 올드먼이 그녀에게 왜 자기를 만나고 싶지 않은지 물었다.

"선생님에 대한 개인적인 이유는 아니에요."

젊은 여자가 답했다. 그러다가 올드먼이 능숙하면서도 예의를 갖춰 집요하게 묻자 자신은 열다섯 살 때부터 이 집 밖을 나간 적이 없다고 고백했다. 부모가 살아 있을 때도 그녀는 그 방에 은둔해 살았다고 했다. 이러한 사실을 알고 버질 올드먼은 적잖이 놀랐다. 그렇게 오랜 세월 숨어 살아온 이유를 물었다. 클레어 이벳슨은 재미있다는 듯 가볍게 웃었다. 그리고 장갑 속에 손을 숨기고 다니는 사람이 그런 질문을 한다는 게 뜻밖이라고 말했다. 그 말에 버질은 몹시 당황했지만 자신의 분노를 참으려 애썼다. 그리고 즉시 대답했다.

"이건 단순히 위생상의 이유 때문이오. 내가 보기에 둘

---

* 사람들이 실물인 줄 착각하도록 만든 그림.

사이에 아무 상관이 없는 것 같은데."

"당신은 다른 사람과 닿는 걸 두려워하잖아요."

여자가 틈을 주지 않고 말했다.

"다른 사람들이 가진 것과 닿는 걸 몸서리치게 싫어하잖아요. 전 남들이 사는 곳에 가는 게 두려워요. 간단히 말해서 제가 보기에는 두 가지 행동 다 아주 유사한 논리에서 시작된 것 같네요."

"당신이 거리에 잠깐이라도 나가본 적이 없다는 말을 내게 믿으라는 거요?"

버질이 당황스러워하며 그녀에게 도전적으로 말했다. 하지만 여자는 전혀 주저하지 않았다. 자신이 저택 밖의 삶에 적응할 수 없는 것은 그가 인간에게 보이는 불신과 다르지 않다고 말했다. 올드먼은 뭐라고 말하려다가 한숨만 쉬었다. 그러자 클레어가 계속 말했다. 그녀에게도 이건 아주 개인적인 선택이었다. 집에 아무도 없을 때만 나와 저택의 다른 방들로 갔다. 뜰로 내려가기도 하는데 그건 아주 드문 일로 확실히 아무도 만날 수 없는 여름에만 있는 일이었다. 그렇지만 대문 밖으로 나간 적은 한 번도 없었다. 그 생각만 해도 몸이 굳어버렸다.

"이제 저를 이해하시길 바라요. 그리고 선생님 직업이 허용하는 범위 내에서 저를 도와주셨으면 해요."

버질이 그녀를 안심시켰다. 이벳슨은 계약상의 협의 사항에 대해 그가 직접 그 범위를 정하는 게 좋다고 덧붙였다.

"저는 그저 맹목적으로 선생님을 믿어요."

그는 계약서에 서명하기 위해 적어도 한 번 정도는 만날 수 있을지 물었다. 여자는 가구 밑에 놔두라고 부탁했다. 그러더니 이제 돌아가라고 했다. 경매사는 거실 중앙에 있는 테이블에 매각 위임장 초안을 올려놓았다. 하지만 거실에서 나가기 전, 전에 그렇게 화를 냈다가 다시 전화한 이유를 물었다.

"어제 집 앞 바에서 우리 집을 지켜보시는 게 인상적이었거든요."

텅 빈 거실에 그녀의 목소리가 메아리쳤다.

13

 로버트는 몹시 흥분해서 버질을 맞았다. 그는 며칠 전부터 버질에게 전화를 하고 싶었다. 하지만 그의 전화번호를 모르기 때문에 포기하고 버질의 방문만 기다리고 있었다. 그 장치들에 관한 새로운 소식이 있었다. 그는 부품들의 녹을 제거하고 현미경으로 세심하게 관찰하다가 어떤 톱니에 이름이 새겨진 걸 발견했다. 그는 버질에게 그 톱니를 보여주었다. 올드먼은 연장들이 빼곡한 작업대에 앉았다. 현미경에 눈을 대고 보캉송*이라는 이름을 보자마자 너무 기뻐 얼굴이 환하게 밝아졌다.

 "보캉송! 믿을 수가 없군요!"

곧이어 그는 자신이 바로 이 자크 보캉송에 관한 논문으로 대학을 졸업했다고 말했다. 로버트가 보캉송이 누구인지 물었다.

"18세기에 자동인형을 제작한 유명한 발명가라오!"

버질이 흥분해서 대답했다. 그리고 그 유명한 보캉송의 말하는 자동인형, 진실을 말할 줄 아는 로봇에 대해 들려주었다. 지금 이 상황에서 할 수 있는 유일한 가정은 이 부품들이 그 시대에 만들어진 자동인형의 일부라는 것이다. 그 사실에 로버트도 흥분했다. 그런 기계를 제 손으로 만든다는 생각에 그는 머리가 복잡해졌다. 무슨 수를 써서라도 가능한 한 많은 부품을 찾아야 했다. 그는 버질에게 이것들을 어디서 찾았냐고 물었다. 그러나 버질은 흥분한 그에게 찬물을 끼얹었다. 고미술품 거래 세계에는 아주 엄격한 의무와 규칙이 있었다. 작품이 공식적으로 경매에 나오기 전에 그 누구에게라도 출처를 알리는 것은 정당한 행위가 아니었다. 버질이 할 수 있는 일은 로버트

---

* 자크 드 보캉송(Jacques de Vaucanson, 1709~1782), 프랑스의 발명가. 극장용의 각종 자동악기와 자동인형을 만들었으며, 비단공장의 감독으로 각종 직기 개량에 힘썼다.

와 그의 애인을 저녁 식사에 초대하는 것밖에 없었다. 이 중대한 발견을 축하하기 위해서 말이다. 로버트는 그 초대를 기꺼이 받아들였다. 그러나 그의 애인이 시골 부모님 집에 며칠 가 있기 때문에 단둘이 식사를 했다.

바로 그 저녁 식사에서 젊은 로버트가 자꾸 캐묻는 바람에 버질 올드먼은 순진하게 자신의 속내를 얼핏 드러냈다. 여자를 보고 찬탄하기도 하지만 동시에 두려움을 느끼기도 한다고, 그들을 이해할 수 없다고 털어 놓았다.

14

한 주가 지나서야 이벳슨 저택의 가구와 그림 목록을 작성하고 옮기는 일을 다시 시작했다. 저택을 팔기 전에 수리를 해야만 했기 때문이다.

버질은 트롱프 뢰유 문에서 클레어와 다시 대화했다. 그는 클레어의 상태가 어떤지 듣고 싶었지만 그녀는 당황하며 그 문제를 언급하고 싶어 하지 않았다. 올드먼은 다소 실망했다. 그가 막 거실을 나가려고 할 때 여자가 그를 불렀다. 그는 되돌아가다 문 밑에서 서명된 계약서가 밀려 나오는 것을 보았다. 그는 몸을 숙여 밝은 색 장갑을 낀 손으로 계약서를 집었다. 계약서를 확인하고 생년월일이 빠졌다고 그녀에게 알려주었다. 잠시 후 문 밑으로 오래된 여권이 나왔다.

"제 여권을 보고 적어주세요, 고마워요."

그렇게 버질은 사진으로나마 클레어 이벳슨의 얼굴을 마침내 볼 수 있었다. 얼굴은 별 특징이 없었다. 웃고 있는 소녀의 맑은 눈이 카메라 렌즈를 뚫어져라 쳐다보고 있었다. 거기에 자기 미래가 모두 그려져 있는 듯 희망찬 눈망울이었다. 올드먼은 날짜를 자세히 보고 웃었다. 여권은 12년 전에 만료되었다. 그녀에게 그 사실을 알렸다. 그녀가 대수롭지 않게 받아들였다.

"생년월일은 만료가 없으니까요."

그들의 계약에는 어린 티를 갓 벗을 때의 여권도 상관없었다.

생년월일을 적는 동안 버질은 그녀가 열쇠 구멍으로 자신을 훔쳐보는 것을 직감했다. 이 사실을 깨닫자 그는 왠지 불편했다. 아주 오래전의 기억을 떠올리게 하는, 어린아이의 장난 같이 유치한 느낌이 거기에 뒤섞여 있었다.

저택을 떠나기 전 올드먼은 다시 한 번 지하실로 내려갔다. 거기서 쓰레기처럼 여기저기 흩어진 보캉송 기계의 소중한 부품을 더 찾아냈다.

나가는 길에 그는 정원에서 관리인과 마주쳤다. 관리인은 이제 일을 그만둔다고 알려줬다. 이미 오래전부터 일주일에 불과 몇 시간밖에 일하지 않았지만 이제 완전히 그만두는 것이다. 이따금 클레어에게 장을 봐다 주러 들를 것이라고 했다. 그러면서 버질에게 저택 열쇠 복사본을 주었다. 가구를 옮기는 데 필요한 기간 동안 열쇠를 버질이 갖고 있으라고 했다.

"아가씨가 그렇게 하길 원하셨어요."

15

젊은 여자, 그것도 몸이 아픈 여자가 혼자 사는 저택의 열쇠를 가지고 있다는 사실만으로도 버질 올드먼은 계속 마음이 불편했다. 마치 갑자기 제대로 알지 못하는 어떤 사람의 운명을 책임지게 된 것 같은 기분이었다. 사실 저택을 복원하고 이벳슨 가족의 재산목록 작성을 계속 진행하고, 그의 친구 로버트가 녹슨 낡은 부품 조각들을 다시 맞추느라 고심하는 동안 버질은 일을 그만둔 관리인에게 매일 전화를 해댔다. 클레어에게 먹을 것을 가져다주었는지 확인하기 위해서였다. 통화가 안 될 때마다 직접 슈타이어렉으로 가서 요리사에게 저택으로 가져갈 수 있는 요리를 만들게 했다. 그리고 이벳슨 저택으로 급히 가 트롱프 뢰유 문이 있는 거실 입구에 포장 음식을 두었다. 그리고 여자에게 전화해 그 사실을 알렸다. 이따금 레스토랑으로 가기 전 어떤 음식을 좋아하는지 묻기 위해 그녀에게 전화하기도 했다.

뿐만 아니라 올드먼은 광장공포증을 공부하기 시작했다. 주요 대학에서 발표된 관련 논문과 심리학 잡지를 모두 구했다. 광장공포증이라는 특별한 질환의 원인과 치료법을 심도 있게 연구하고 실험을 진행 중인 네덜란드의 유명한 정신과 의사와 연락하기도 했다. 의사는 환자에게 딱딱한 태도를 취하지 말라고, 간단히 말해 외부 세계를 받아들이라는 명령을 하지 않도록 주의를 주었다. 그녀 스스로가 자율적으로 완전히 극복해야만 했다.

하지만 존경받는 경매사의 진정한 혁명은 바로 자발적으로 휴대전화를 구매한 것이었다. 정확히 말해 구입한 게 아니라, 선물로 받았지만 열어보지도 않은 수많은 휴대전화 중 하나를 가지고 다닐 뿐이었다. 그는 로버트에게 휴대전화 사용법을 알려달라고 부탁했다. 버질 올드먼의 조수들을 적잖이 놀라게 한 이 결정은 한밤중에 안타까운 일이 벌어진 다음 날 이뤄졌다. 클레어 이벳슨은 밤중에 몸이 아팠으나 그녀를 도와줄 만한 사람과 연락할 수 없었다. 그 사실을 안 뒤부터 버질 올드먼은 하루 중 어느 때라도 연락이 될 수 있게 해놓았다.

젊은 여자는 이런 관심들에 놀랐지만 별 말 없이 받아들이고 지켜보았다. 하지만 그녀의 성격은 아주 복잡했다. 부드럽고 나약하다가 갑자기 정신분열에 가까울 정도로 오락가락하는 일이 종종 반복됐다. 저택의 가구를 경매하는 방법에 대해서도 계속 결정을 번복했다. 때로는 버질을 부른 것을 후회하면서 그를 쫓아내기도 했다. 그러다가 자기를 도와달라고 애원할 때도 많았다. 버질은 당황할수록 이해할 수 없지만 점점 그를 끌어당기는 회오리 속으로 더욱 깊이 빠져들었다. 그가 늘 여자의 초상화에 매료된 것처럼 말이다.

어느 날 밤, 그가 지하 전시실에서 그가 소장한 초상화 여인들의 눈길을 바라보며 황홀해하다가 클레어 이벳슨의 얼굴이 그 초상화들 속 어떤 여인과 닮았을지 자문하는데 휴대전화가 울렸다. 그녀였다. 그녀는 제리코 작품을 정말 팔아야 할지 망설였다. 두 사람은 그 문제를 놓고 오래 이야기를 나누었다. 그 수많은 '여인'들의 눈을 찬찬히 살피면서 미지의 여인의 목소리를 듣는 게 버질에게는 새로우면서도 잊을 수 없는 감동이었다.

16

 북유럽 순회 경매에서 돌아온 버질 올드먼은 걱정스러운 마음에 이벳슨 저택으로 달려갔다. 며칠 전부터 클레어가 그의 전화를 받지 않았기 때문이다. 저택 철책 문의 자물쇠가 바뀌어 있어 버질은 당혹스러웠다. 그는 저택 앞 바로 가서 초조하게 기다렸다. 여느 때처럼 한쪽 구석에 앉아 있는 난쟁이 여자의 공허한 시선이 점점 더 참을 수 없어졌다. 여자는 큰소리로 같은 말을 되풀이했는데 얼핏 들어서는 이해하기 힘들었다.
 "한 점의 길이. 원의 방향. 원주의 한 면. 공간의 중심……"

천재적인 난쟁이 여자의 말을 들으러 달려온 여교사만이 그 말들이 의미하는 게 정확히 한 가지라는 것을 알고 깜짝 놀랐다. 모두 '0'의 정의였다. 난쟁이가 정확히 '호의 면적'이라고 말했을 때, 버질은 프레드가 이벳슨 저택 철책 문 앞에 도착한 것을 보았다. 난쟁이 여자가 '구(球)의 수직 위치'로 여교사를 계속 당황스럽게 하는 사이 버질은 바에서 나와 전직 관리인에게 갔다. 프레드는 그에게 이벳슨이 일 년에 두 번 자물쇠를 바꾸는 습관이 있다고 알려줬다. 그러면서 새로운 열쇠를 건네주었다. 버질은 안도의 한숨을 쉬었다. 그리고 트롱프 뢰유 문에 도착하자마자 여자에게 왜 전화를 받지 않는지 물었다. 클레어 이벳슨은 유튜브에서 그가 경매하는 영상을 하나 봤는데 그의 머리가 자연스러운 제 색깔이 아님을 발견했다고 대답했다. 그녀는 머리를 염색한 남자를 몹시 싫어했다.

그래서 버질 올드먼은 예순세 살에 백발이 성성한 원래의 머리로 돌아갔다. 클레어는 열쇠 구멍으로 그를 보고 앞으로는 여자에게 훨씬 인기 있을 거라고 말했다.

그날 두 사람은 꽤 오랫동안 이야기를 나눴다. 경매사는 집 밖으로 나오지 않기로 결심하기 이전의 이야기를 들려달라고 그녀를 설득했다. 이벳슨은 어릴 때부터 늘 지나치게 넓고 사람이 많은 장소에 가면 현기증이 날 때처럼 주위가 빙빙 돌고 기절할 것 같이 당혹스러워 몹시 힘들었다고 털어놓았다. 부모님을 따라 파리에 갔던 날의 기억이 아직도 트라우마로 남아 있었다. 에펠탑 밑에서 세계 각국에서 온 관광객들에 둘러싸여 있던 그녀는 그 광대한 공간을 가로질러 가야 하다는 공포에 사로잡혀 몸이 굳어버렸다. 사춘기 시절의 당혹감은 서서히 커져 첫사랑에 실패했을 때 집 밖으로 나갈 용기가 다시 생기지 않았다. 그녀가 기억하기에 이 세상에서 그 오래된 당혹감을 되살아나게 하지 않는 곳은 단 한 곳 밖에 없었다. 프라하였다. 열네 살 무렵 수학여행으로 딱 한 번 간 적이 있었다. 천문 시계가 있는 광장을 수없이 가로질러도 당혹감을 느끼지 못했다. 실내장식이 아주 매력적이던 '밤과 낮'이라는 레스토랑도 아직 기억했다. 그녀는 그곳에서 정말 행복했고 평화로웠다. 그녀가 진한 향수를 느껴 언젠가 꼭 한 번 다시 가보고 싶은 장소가 있다면 아마 그 레스토랑일 것이다. 버질은 자신이 그곳에 데려가주겠다고 했지만 여자는 대답하지 않았다. 그 침묵이 승낙을 의미하지는 않았다.

17

어느 날 오후 버질 올드먼은 사무실을 찾아온 빌리 휘슬러를 만난 뒤 로버트의 작업장으로 향했다. 빌리는 그동안 버질이 함께 일하자고 연락하지 않았다고 불평했다. 로버트는 그 사이 훌륭하게 일을 마쳐서 자동인형의 기계 장치를 모두 조립하는 데 성공했다. 그리고 몇 가지 빠진 부품을 제작하기 위해 도안을 다시 그리는 중이었다. 하지만 귀 모양처럼 보이는 부품 하나를 제외하고 기계의 외부 쪽이 전혀 없기 때문에 이것들이 어떻게 움직일지 알지 못했다. 버질은 그에게 다른 부품을 더 찾아보겠지만, 어쨌든 가상의 형태를 추정할 수 있게 보캉송이 제작한 다른 자동인형의 도안을 가져다주겠다고 약속했다. 로버트는 자동기계국립박물관 기록실에서 찾아온 도안 몇 개를 꺼내 버질에게 보여주었다. 경매사는 자신이 젊을 때 연구하던 도안이라는 걸 금방 알아차렸다. 그렇지만 로버트가 기대했던 것처럼 그렇게 기뻐하지는 않았다. 로버트는 그에게 뭐 안 좋은 일이 있는지 물었다. 그러자 버질은 한 번도 본 적 없는 여자에게 매료됐다고 털어놓았다. 물론 지나치게 자세한 이야기는 하지 않았다. 그리고 자신이 두려워하는 건 그녀의 환영에 빠져들었을지 모른다는 점이라고 덧붙였다. 로버트는 그의 이야기를 주의 깊게 들었다. 그리고 버질이 그의 의견을 묻자 그제야 자기 생각에는 환영을 사랑하는 건 좋은 게 아닌 것 같다고 대답했다. 더불어 그녀의 눈을 똑바로 보고 정말 그녀가 어떤 사람인지 알아내기 위해 최선을 다하는 게 좋을 것 같다고 말했다.

그날 오후 작업장을 떠나기 전 버질 올드먼은 청년에게 이제 서로 말을 편하게 할 때가 되지 않았냐고 물었다. 로버트는 굉장히 좋아했다.

"당신을 도울 수 있으면 정말 행복할 겁니다."

"며칠 후면 클레어의 생일이라네. 그래서 그녀에게 필요한 걸 선물하고 싶어."

로버트가 웃었다.

"처음에는 실수하지 않는 게 좋아요. 아직 시작단계인데 필요한 걸 선물한다는 게 제가 보기엔 별로 좋은 생각은 아닌 것 같아요!"

"그렇게 생각하나?"

버질이 당황해 물었다.

"때로는 단순한 게 더 잘 통하는 법이에요."

18

　클레어의 스물여덟 번째 생일날, 올드먼은 커다란 장미꽃 다발을 들고 이벳슨 저택 앞에 도착했다. 그는 뜻밖에도 프레드와 마주쳐서 몹시 당황스러웠다. 전직 관리인은 꽃을 찬찬히 살펴봤지만 별다른 말은 하지 않았다. 그는 클레어의 방 청소를 방금 마친 참이었다. 그는 떠나기 전 버질에게 녹슨 작은 고철 조각 두 개를 보여주었다. 다락방에서 발견했다며 혹시 쓸모가 있는지 물었다. 버질은 무라노산 샹들리에 내부에 사용되는 조임쇠 같은데, 그의 조수들이 샹들리에 복구에 애를 먹고 있다고 둘러대며 그것을 자기에게 달라고 했다. 그러다가 갑자기 그에게 적당한 사례비를 주고 싶었다.

그날 클레어의 기분이 별로 좋지 않았던 게 분명했다. 버질이 장미꽃 다발을 가져온 것을 알아차렸을 때 깊은 침묵이 흘렀다. 잠시 후 문 뒤에서 고맙다는 간단한 인사말만 들렸다. 올드먼은 기분이 몹시 상했다. 게다가 이벳슨은 그녀가 살펴본 카탈로그 초안을 마음에 들어 하지 않아 했다. 특히 경매가 대부분이 부적절하다고 생각했다. 버질은 경매 기본 시작가격일 뿐이고 진행하면서 가격이 오를 거라고 설명했다. 하지만 여자는 그 말을 믿는 것 같지 않았다. 그는 후회했다. 자존심이 고개를 들어 이일을 포기할 각오뿐만 아니라 가구와 그림을 모두 원래 위치로 되돌려놓을 준비가 되어 있다고까지 말했다. 문너머에서는 숨소리도 들리지 않았다.

그날 밤은 버질 올드먼에게 정말 우울한 날이었다. 그가 슈타이어렉에 막 들어서려는 순간 그 레스토랑의 조용한 구석 한 테이블에 로버트와 그의 작업장에서 여러 번

마주친 한 여자 손님이 앉아 있는 모습을 유리창으로 보았다. 버질 올드먼은 잠깐 동안 멀리서, 감정을 드러내는 그들의 모습과 서로 조화를 이룰 수 있는 따뜻한 능력, 서로 친밀한 사이임을 분명히 알 수 있게 하는 그 미소들을 주의 깊게 지켜보았다.

잠시 후 버질은 다시 걸음을 옮겨 다른 레스토랑으로 갔다. 그는 처음으로 개인 컵과 포크, 나이프가 아닌 공용 식기를 사용했다. 2008년 산 와인 샤블리 생 피에르를 맛보고 있을 때 그의 휴대전화가 울렸다. 클레어였다. 그녀는 자신이 무례했다고 사과했다. 그는 종업원에게 와인이 좋다고 고갯짓을 했다. 그리고 한참 동안 아무 말도 하지 않다가 자신은 화나지 않았으니 너무 괴로워하지 말라고 나직이 말했다. 여자는 그 저택에 산 뒤로 한 번도 누군가에게 꽃을 받은 적이 없다고 고백했다. 여자가 절망적으로 흐느끼기 시작했다. 생일은 언제나 고통스러웠다고 말했다. 버질이 그녀에게 가겠다고 했다. 하지만 그녀는 그렇게 하지 않는 게 좋을 것 같다고 말하며 그저 관심을 기울여줘서 고맙다는 말만 덧붙였다.

다음 날 아침, 올드먼은 출장을 위해 공항으로 가다가 로버트의 작업장에 들렀다. 그에게 전직 관리인에게 받은 고철 두 조각을 갖다 주었다. 두 조각 중 하나가 손 모양인 것으로 보아 자동인형의 모양을 확인하는 데 결정적인 부품일 거라고 생각했다. 그리고 전날 사건을 로버트에게 들려주었다. 막연한 위로를 듣고 싶어서라기보다 그저 누군가와 그 일에 대해 이야기를 나누고 싶어서였는지도 모른다.

곧 그것은 습관으로 굳어져 그가 젊은 친구에게 무의식적으로 의존하는 모양새가 됐다. 젊은 친구는 어떻게 해서든 버질이 네덜란드 정신과의사의 진지한 조언에서 벗어나게 해주려고 애썼다. 그는 버질에게 좀 더 현실적이 되라고, 그 사람을 환자가 아니라 여자로 생각해 관계를 가지라고 조언했다. 터무니없고 뒤떨어져 보일 수 있겠지만, 경매사의 문제는 바로 여자와 한 번도 만난 적이 없다는 데 있었다. 그래서 지금껏 그 나이에도 어디서부터 시작해야 하는지, 세상을 두려워하는 그 여자의 마음을 어떻게 얻어야 하는지 알지 못했다.

아주 조심스럽게 행동하기는 했지만, 로버트는 그 신비한 여인의 마음을 움직일 수 있게 그에게 작은 몸짓과 미세한 방법까지 하나하나 조언해주기 시작했다. 언제 어떻게 그 여자를 볼 수 있을지 영리한 전략까지 짜주었다.

어느 날 클레어와 습관적으로 나누던 대화를 마친 뒤 버질은 거실에서 나가는 척하며 문을 닫았다. 그리고는 거실에 남아 책장 뒤에 숨었다. 잠시 뒤 트롱프 뢰유로 위장한 문이 열렸다. 그녀가 조심스럽게 방에서 나와 아무도 없는지 확인하며 주위를 둘러보았다. 버질은 숨을 죽인 채, 문을 잠그려고 자기 쪽으로 다가오는 그 여자에게서 눈을 떼지 않았다.

그녀를 본 건 그게 처음이었다. 그렇게 가까이에서 보니 그녀는 너무나 아름다웠다. 밀랍같이 창백한 얼굴은 마음이 아플 정도로 연약해 보였다. 갑자기 그녀가 부엌 쪽으로 갔다. 그래서 그는 그녀가 보이는 곳으로 나왔다. 잠시 후 그녀가 뭔가를 씹으며 돌아와 거실을 오가며 몸을 풀기라도 하듯 체조 비슷한 동작을 했다. 그녀는 티셔

츠에 잠옷 바지를 입고 있었다. 멀리서 보면 소녀 같았지만 움직이는 그녀의 몸에서 성숙한 여인의 에너지가 충만함을 짐작할 수 있었다.

몇 분 뒤 버질은 조심스럽게 휴대전화를 쥐고 클레어에게 전화를 걸었다. 그 순간 전화벨 소리가 여자의 방에서 울렸다. 여자가 전화를 받으러 방으로 가자 버질은 숨어 있던 곳을 떠날 수 있었다. 그는 조심조심 문을 열고 밖으로 나왔다. 그리고 통화를 하면서 밖에서 조용히 문을 다시 잠갔다.

그는 이 방법을 여러 번 되풀이해 사용했다. 그러던 어느 날 자신이 늘 숨는 곳에 웅크리고 있던 버질은 반라로 샤워를 준비하는 그녀를 보았다. 버질은 몸이 떨릴 정도로 흥분했다. 그 바람에 책장 문에서 삐거덕 소리가 났다. 여자는 그 소리를 듣고 겁에 질려 몸이 굳어버렸다. 그녀는 비명을 지르기 시작했다. 몸이 굳어버릴 정도로 저항할 수 없는 충격을 이겨내려 애쓰며 억지로 걸음을 떼더니 우스꽝스러운 동작으로 은신하는 방으로 겨우 들어가 문을 잠가버렸다. 버질은 깊은 죄책감으로 괴로워하며 그림자처럼 그곳을 빠져나왔다. 철책 문을 나서자마자, 보통 때처럼 창문에서 보이지 않도록, 저택의 담장에 딱 붙어 급히 걸음을 옮겼다. 그가 위태로울 정도로 공포에 사로잡힌 클레어의 전화를 받은 것은 좁은 옆길로 채 들어서기도 전이었다. 그녀는 도와달라고 애원했다. 버질이 그녀를 찾아가도 되겠냐고 묻자 그녀가 좋다고 말했다.

경매사는 몇 분을 기다렸다. 그 시간이 한 없이 길게 느껴졌다. 그리고 철책 문으로 향했다. 안으로 들어가 계단을 올라가서 땀에 젖은 얼굴을 닦았다. 심지어 장갑까지 벗어 땀에 축축해진 손을 외투에 문질러 닦았다. 그는 가쁜 숨을 몰아쉬며 클레어의 방문 앞에 도착했다. 그녀를 진정시키려 애썼지만 그녀는 누군가 이 집에 숨어 있는 게 틀림없다고 소리를 질렀다. 그는 자신이 구석구석 뒤져봤지만 아무도 없었다고 말했다.

그녀가 진정하자 그제야 버질은 사실은 자신이었다고, 그러니까 그녀를 훔쳐보려고 숨어 있었다고 고백했다. 여자의 반응은 거칠었다. 문을 발로 차고, 그에게 당장 꺼지라고 위협했다. 그리고 다시는 그의 목소리를 듣고 싶지 않다고 고함쳤다. 올드먼은 그녀의 뜻을 존중하겠다 약속하고 그 자리를 떠났다. 갑자기 클레어가 진정됐다. 그가 계단을 내려가는 동안 등 뒤에서 그녀의 목소리가 들렸다.

"제발 부탁이에요, 가지 마세요."

문 닫힌 방에서 메아리처럼 멀리 들리던 목소리가 아닌 이런 목소리를 들은 건 처음이었다. 돌아서니 그녀는 방 밖으로 나와 있었다. 하지만 등을 돌리고 있었다. 그가 천천히 다시 올라가는 동안 두 사람은 잠시 그런 상태로, 그녀가 등을 돌린 채로 이야기를 나누었다. 기분을 상하게 하려는 생각은 아니었지만 그녀를 보고 싶은 마음을 누를 수 없었다고 버질이 나지막이 말했다. 그제야 그녀가 등을 돌려 그를 보았다. 버질 올드먼이 그녀의 얼굴을 어루만졌다. 살면서 여자의 살에 손을 대본 것은 이번이 처음이었다. 게다가 장갑도 끼지 않은 맨손으로.

19

 이 새로운 사건들 때문에 로버트는 더할 나위 없이 기뻤다. 그는 놀랍게 변한 버질을 보는 게 행복했다. 하지만 청년은 그에게 사소한 일도 절대 소홀히 해서는 안 된다고 경고했다. 지금은 가장 미묘한 순간일 수 있는데, 일반적으로 남자는 사랑을 쟁취했다고 생각할 때 치명적인 실수를 저지른다는 것이다.
 "어떤 여자와 잘돼간다고 생각할 때 당신은 벌써 전략에 대한 감각을 잃은 겁니다. 돌이킬 수 없는 실수죠."
 "전략에 대한 감각이 뭔가?"
 경매사가 당황해 물었다.

"여자를 계속 놀라게 해야 해요. 그녀가 예측할 수 없는 일을 하세요. 게임을 하면서, 위험도 즐기면서 말이에요."

로버트가 그를 격려했다. 그렇지만 버질 올드먼은 이해하지 못한 것 같았다. 그에게 익숙하지 않은 태도를 어떻게 취해야 할지 물어보았다. 그러자 로버트는 일반적인 여자에 대해 이야기했다. 클레어, 그 여자의 성격이 미리 정해놓은 틀에 맞출 수 있을지를 알기 위해서 로버트는 그녀를 한 번 봐야만 할 것 같았다.

20

　버질이 흥미로운 퍼즐 조각을 더 이상 발견하지 못해서 보캉송의 자동인형으로 추정되는 기계를 조립하는 작업은 제자리걸음이었다. 마찬가지로 올드먼은 자신의 직업에 상당히 흥미를 잃은 것 같았다. 너무 긴 출장이나 체류가 필요한 경매는 거절하기 시작했다. 특히 여자 초상화는 더 이상 구입하지 않았다. 이 일로 빌리 휘슬러는 몹시 불안해하기 시작했다. 여러 차례 버질에게 알게 모르게 위협이 섞인 말을 했다.

　"무슨 일인가, 버질? 자넨 지금 시장의 절반을 위기에 빠뜨리고 있어. 고미술품상들 사이에 이상한 소문이 돌고 있어. 자네가 여러 사람을 실망만 시키고 있다고 말이야."

경매사는 그 문제를 그리 깊이 생각하지 않았다. 그는 클레어와의 관계가 진전되는 것에 만족했다. 이제 버질이 있을 때는 그녀가 자기 방에서 나오는 게 평범한 습관이 됐다. 텅 빈 저택에 숨어 둘이 함께 점심이나 저녁을 먹는 일이 잦았다. 그렇게 식사를 하던 어느 날 클레어가 버질에게 그의 과거 이야기를 들려달라고 청했다. 버질은 자기 인생은 특별할 게 없다고 대답했다. 그는 어려서 부모를 잃었고 몹시 더러운 고아원에서 자랐다. 문제는 거기 있었다. 흥미로운 일은 수녀들이 고아들에게 벌줄 때 미술품 복원사의 작업장에서 강제로 일을 시켰다는 것이었다. 그 작업장은 고아원의 부속 건물에 위치해 있었다. 어린 버질은 복원사가 일하는 걸 즐겨 구경했다. 그래서 자주 벌을 받기 위해 일부러 온갖 말썽을 부렸다. 그렇게 예술작품, 그림, 오래된 기계와 가구를 알게 되었고 진품과 위조품을 구별하는 법도 배웠다.

클레어는 그의 이야기에 정신없이 빨려 들어갔다. 그러더니 버질처럼 예술품의 진품과 위조품을 구별하는 전문가의 능력에 매료된다고 고백했다. 그런 전문적인 일을 하려면 준비가 필요하고 숙련이 돼야 한다는 것과는 별개로, 위조품 문제에 대해서 버질은 완전히 개인적인 철학을 갖고 있었다. 위조품을 이해하려면 진짜 예술품인 것처럼 그것들을 사랑할 필요가 있다고 말했다. 위조 작가의 작품도 다른 예술품 같은 작품이다. '모든 위조품 속에는 늘 진실한 무엇이 숨겨져 있기' 때문이며, '다른 사람의 작품을 베끼는 속임수를 부리며 위조 작가는 거기에 자신의 것을 덧붙이고 싶은 유혹에 저항하지 않기 때문이다. 무의미할 정도로 작은 부분, 전혀 흥미 없는 세부 양식, 전혀 의심할 여지가 없는 붓질에 불과한 경우가 대부분이다. 그런 것들 속에서 사기꾼은 불가피하게 자신을 드러내며 자신의 진짜 표현 감각을 노출한다'.

클레어는 그의 말에 매혹돼 주의 깊게 경청했다. 그러나 그날 밤 경매사의 이야기를 듣는 사람이 자기 혼자만이 아니라는 건 까맣게 모르고 있었다. 버질 올드먼이 이벳슨을 훔쳐보려고 여러 차례 몸을 숨기던 책장 뒤에 로버트가 숨어 있었다.

이것은 버질의 아이디어였다. 그는 로버트가 클레어를 직접 보고 그녀와 그녀의 성격에 대해 좀 더 분명한 의견을 말해주길 원했다.

다음 날 로버트는 완벽한 카사노바처럼 행동했다며 버질을 칭찬했다. 버질이 궁금해서 얼른 물었다.

"클레어에 대해서는 뭐 할 말 없나?"

"그런 병을 앓는다는 걸 몰랐다면 아주 정상적인 아가씨라고 말했을 거예요. 게다가 말씀하셨던 것보다 훨씬 더 아름답던걸요."

"내게 질투를 불러일으키려는 건가?"

"충고 하나 할까요, 버질? 그 아가씨 병이 낫지 않길 기도하세요."

두 사람은 공범이 된 단짝처럼 웃었다.

21

 클레어도 태도와 자신을 꾸미는 일에서 적지 않은 변화를 보이기 시작했다. 심지어 원피스를 입고 화장을 하기도 했다. 화장품이나 옷은 버질이 로버트의 충고에 따라 종종 선물한 것이었다. 물론 화장품은 그녀가 한 번도 사용한 적이 없으리라고 짐작하기는 했지만 말이다.

 비바람이 거세게 몰아치던 어느 날, 점심 식사가 끝난 뒤 클레어가 버질에게 자신의 비밀 방에 가자고 청했다. 버질은 그럴 수 있어서 기뻤다. 그녀가 12년간 살아왔던 그 방을 보자 몹시 당황스러웠다.

 바로 거기서 두 사람은 처음으로 키스를 했다. 처음 입

맞춤을 하는 사춘기 아이들처럼 두 사람 모두 어쩔 줄 몰랐다. 버질의 행복은 그 방 벽의 장식장에 최상의 상태로 보관된 금속 조각 몇 개를 발견했을 때 깨졌다. 보캉송 자동인형의 일부분 같았다. 그렇지만 크게 놀란 것은 아니었다.

며칠 뒤 입찰인으로 붐비는 경매장에서 조수들이 사람들에게 피카소의 작품을 보여주는 동안, 올드먼 자신은 보조판을 여닫을 수 있는 아주 희귀한 작은 책상의 특징들을 큰소리로 나열했을 때도 마찬가지였다. 유명한 스페인 입체파 화가가 그린 복잡한 남자 초상화를 감탄하며 바라보던 관객들이, 그가 서랍 여섯 개에 여섯 칸으로 나뉘어졌다고 말하는 순간 요란하게 웃어댔을 때도 그다지 놀라지 않았다. 처음에는 순간적으로 어찌할 줄 모르고 당황해서 몸을 떨었다. 그를 잘 아는 경매사 사장이 대충 수습했다. 그렇지만 버질은 자신의 실수를 알아차리자 곧 킬킬거리기 시작했다. 이건 그 자신도 놀랄 일이었다.

그날 저녁 전기 설비에 문제가 생겨 어둠 속에 있어야

했던 클레어가 버질에게 이벳슨 저택에서 하룻밤 자달라고 부탁했다. 두 사람은 새벽 세 시에 사랑을 나눴다.

그날 이후로 로버트에게 들려주는 버질의 이야기는 전보다 훨씬 더 두루뭉술해졌다. 수줍음의 베일이 그의 사랑 이야기를 감싼 것 같았다. 청년은 이해했고 그래서 즐거웠다. 아무 말도 하지 않았다. 다만 축배를 드는 동안 처음이냐고 물었다. 버질은 얼굴을 붉혔다. 그리고 고개를 끄덕여 시인했다. 그러나 그게 클레어인지 자신의 이야기인지 밝히지는 않았다.

"자크 보캉송에게는 미안한데, 지금 자네는 정말 무엇이든, 심지어 인간까지도 수리할 수 있다고 선언해도 될 것 같네."

버질 올드먼은 친구에게 말하고 웃었다.

22

 이제 좀 더 큰 욕심은 클레어를 집 밖으로 나오게 하는 것이었다. 스스로 만들어놓은 경계를 뛰어넘도록 그녀를 설득시키고 삶과 만나게 이끌어야 했다. 버질은 어떻게 그 원초적인 본능을 그녀가 되찾게 도울 수 있을지 자문해보았다. 그는 클레어가 늘 말하던 프라하로 함께 가는 상상을 했다.

 이 문제에 대해서 로버트는 훨씬 조심스러웠다. 그는 서두르지 않고 자연스러운 방법으로 일이 이루어질 때까지 기다려야 한다고 생각했다. 그가 기계를 다루듯이 말이다. 그는 자신이 할 수 있는 데까지 기계에 관심을 기울이고 수리하지만, 항상 모든 일이 저절로 이루어지는 것처럼 보이는 예측할 수 없는 순간이 찾아오곤 했다. 마치 그 기계의 작동을 결정하는 절대 의지가 있는 것처럼.

몇 주 뒤 기대하지 않았던 순간이 한밤중에 찾아왔다. 올드먼은 에든버러에서 돌아오는 중이었다. 이벳슨 저택 근처 광장에 주차한다. 그는 걸어서 저택 쪽으로 갔다. 철책 문 근처에 이르렀을 때 세 명의 젊은이가 그에게 달려들어 머리를 난폭하게 가격했다. 버질은 거의 기절한 상태로 바닥에 쓰러졌다. 강도들은 버질이 갖고 있던 물건을 모두 빼앗아 달아났다. 빗방울이 후두둑 떨어지기 시작했다. 경매사는 얼마인지도 모를 시간 동안 의식을 잃은 채 꼼짝 없이 쓰러져 있었다. 그러다 의식을 되찾고 일어서려 했다. 빗물에 얼굴을 뒤덮었던 피가 씻겼다. 버질은 자기 몸을 더듬었다. 휴대전화가 외투 주머니에 그대로 있었다. 도둑들이 이상하게 휴대전화는 남겨둔 것이다. 전화기를 꺼내 단축키를 눌렀다. 클레어가 전화를 받았지만 그는 고통스러운 신음소리밖에 낼 수 없었다. 잠시 후 이벳슨 저택의 철책 문 뒤 현관이 열렸다. 클레어가 현관에 나타났다. 그녀는 길 건너편에 물과 피가 고인 웅덩이에 쓰러져 있는 버질을 발견했다. 그녀는 조심스럽게 철책 문으로 다가갔다. 지나가는 사람이 버질을 도와주길 바랐다. 그러나 아무도 보이지 않았다. 바에 있는 여러 창문 중 한 곳에 난쟁이 여자가 서 있었다. 그녀는 유리창에 몸을 기대고 눈앞에 떨어지는 빗방울을 넋 놓고 바라보고 있었다. 클레어가 그녀에게 손짓했으나 알아차리지 못했다. 본능적으로 클레어는 철책 문을 열었다. 버질이 그녀 쪽으로 눈을 돌렸다. 잠시 그녀를 바라보다가 다시 눈을 감고 축 늘어졌다. 클레어가 그 사실을 알아차리고 충동을 제어하지 못해 거리를 가로질러 달렸다. 그녀는 버질에게 몸을 숙이고 그의 손을 잡았다. 숨을 거둔 것 같았다. 그때 자동차들이 지나갔다. 클레어가 허공에 두 팔을 들고 도움을 청했다.

조금 뒤 간호사들이 응급실 복도로 자신을 옮기는 동안 버질 올드먼은 퉁퉁 부은 눈을 겨우 뜰 수 있었다. 그는 자기 옆에 있는 클레어를 보았다. 고독 속에 갇혀 있던 그녀를 밖으로 끌어내는 데 성공한 것이다. 그래서 아무것도 묻지 않고 그녀를 보고 웃었다.

23

 며칠 동안 치료를 받은 뒤 버질 올드먼은 클레어 이벳슨을 너무나 멋진 그의 집으로 데려갔다. 279점의 여자 초상화가 있는 지하 전시실을 포함해 모든 방을 보여주었다. 전시실의 장관에 압도된 그녀가 빈정거리긴 했지만 말이다.

 "그러니깐 내가 첫 여자라는 게 사실이 아니군요. 이렇게 여자가 많은데……."

 "그래요. 난 이 여자들을 모두 사랑했소. 이들도 날 사랑하고…… 이 여자들이 당신을 기다리는 법을 가르쳐줬지."

 클레어가 눈부신 빛을 발산하는 것 같은 신비로운 눈

길의 여자들 얼굴을 감탄하며 하나하나 보는 사이, 버질은 그녀에게 자신과 같이 살자고 제안했다. 감동한 클레어는 몸을 떨었다. 반짝이는 눈으로 그를 보다가 있는 힘을 다해 그를 껴안으며 속삭였다.

"무슨 일이 벌어져도, 내가 당신을 사랑한다는 건 알아줘요."

24

그들은 슈타이어렉에서 로버트와 그의 애인과 함께 파티를 열었다. 축배를 들자 곧이어 버질이 가방에서 사진이 담긴 카탈로그를 꺼내 친구들에게 보여주며 알렸다.

"이벳슨 저택의 가구와 그림 경매 카탈로그를 완성했소!"

하지만 그런 즐거운 분위기 속에서 클레어의 표정은 어두워 보였다. 버질은 그녀의 평가에 초조해한다는 것을 숨기지 않은 채 그녀에게 세련된 카탈로그를 내밀었다. 그녀는 소심하게 카탈로그를 넘기며 자신의 가구를 담은 아름다운 사진을 꼼꼼히 살폈다. 무라노산 샹들리에, 피아노, 유리 진열장, 에이킨스와 제리코의 작품을 다시 보았다. 드디어 그녀가 미소 지었다. 하지만 그녀의 미소 속에 곤혹스러움이 숨겨져 있는 것 같았다. 로버트가 카탈로그가 마음에 들지 않느냐고 본능적으로 물었다. 그녀는 로버트의 말을 무시하고 카탈로그를 덮더니 버질을 올려다보았다.

"아니에요. 그게…… 내가 당신 집에서 살기로 결정한 뒤로 아무것도 팔지 말아야겠다고 생각했어요. 저택을 지금 상태로 가지고 있고 싶어요. 어쩌면 수리를 할 수는 있겠지요."

로버트와 그의 애인이 걱정스러운 눈으로 버질을 보았다. 잠시 말이 없던 버질이 고개를 끄덕였다. 그리고 클레어의 손을 잡으며 안심시켰다.

"내 말 믿어요, 잘 들어요. 내가 당신이라도 그렇게 했을 거요."

그가 카탈로그를 집어 들더니 종업원들, 레스토랑 주인과 지배인이 놀라 바라보는 가운데 행복한 얼굴로 카탈로그를 찢어 모두를 깜짝 놀라게 했다. 마침내 그가 잔을 들었다.

"내 경매사 인생에서 가장 큰 고통과 행운을 준 카탈로 그를 위하여!"

25

 버질 올드먼은 런던 경매를 마지막으로 일을 접기로 결심했다. 그는 클레어가 동행하면 정말 기쁠 거라고 그녀에게 말했다. 하지만 그녀는 아직 여행할 준비가 되지 않다고 대답했다.
 경매는 사흘 동안 진행됐다. 지금까지 진행한 올드먼의 경매 중 가장 사람이 많았다. 오래된 고객과 수집가들, 동료들이 그의 마지막 경매를 지켜보고 그를 축하해주러 왔기 때문이다. 그들은 올드먼이 경매사 인생을 종결짓는 낙찰 망치를 두드릴 최고 경매품의 가치에 대해 내기하기도 했다. 사흘째 되는 날 빌리 휘슬러도 참석했다.

경매가 끝나자 경매장에 갈채가 터졌다. 버질은 가슴이 뭉클했다. 그는 고개를 여러 번 숙여 감사 인사를 하고 손을 들었다. 이제 장갑을 끼지 않은 맨손이었다. 많은 사람이 그에게 다가와 인사했다. 그런 유쾌한 이별의 분위기에서 빌리가 그에게 왔다. 두 사람은 따뜻하게 포옹했다.

"이제 사람들 앞에서 자네에게 인사해도 되겠지?"

"자네 때문에 행복했네, 버질. 자네가 그리울 거야."

오랜 친구가 솔직히 말했다. 올드먼이 그를 나무랐다.

"다시 안 볼 사람처럼 말하는군."

"물론 다시 만나야지. 그렇지만 난 벌써 우리의 모험이 그리워지고 있어."

버질이 그의 등을 툭 쳤다. 그리고 곧 잊을 거라고 말했다. 그리고 자리를 뜨려 하자 빌리가 그를 잡았다

"자네가 나를 믿어주었으면 내가 얼마나 위대한 화가가 되었을지 상기시키려고 내 작품 하나를 보냈다네."

"절대 불태워버리는 일은 없을 거야, 맹세하지."

버질이 농담했다. 그리고 두 사람은 빈정거리듯 웃어댔다. 그건 진짜 친구들만이 공유할 수 있는 웃음이었다.

26

집으로 돌아온 올드먼은 다소 우울했다. 집에 클레어가 없었기 때문이다. 그녀의 휴대전화는 연결되지 않았다. 그는 방마다 그녀가 있는지 둘러보고 차고와 정원 구석구석을 찾아봤지만 그녀의 흔적조차 보이지 않았다. 심지어 지하 전시실까지 보러갔다. 다정하고 편안한 분위기로 늘 그를 맞아주던 그 전시실에 들어서자 그는 돌처럼 굳어버렸다.

전시실은 완전히 텅 비어 있었다. '그의 여자들'이 모두 사라지고 없었다. 벽에는 못과 액자를 걸었던 자국뿐이었다. 그는 하얗게 질렸고 당황한 그의 두 눈에서 힘이 사라졌다. 믿어지지 않아 얼굴을 찡그린 채 이를 악물었다. 갑자기 텅 빈, 빛을 발하는 동굴처럼 그의 눈앞에 나타난 그 방 한가운데에 남자의 형상 하나만이 우뚝 서 있었다. 그것은 그를 비웃는 것처럼 우스꽝스럽게 허리를 반복적으로 굽혔다 폈다 했다. 완벽하게 재조립된 보캉송의 자동인형이었다. 말까지 했다. 같은 말을 집요할 정도로 되풀이했다.

"모든 위조품 속에는 항상 진실된 뭔가가 담겨 있지요. 올드먼 씨, 난 당신과 같은 생각입니다. 사실 당신이 아주 그리울 거예요."

버질은 그게 누구의 목소리인지 알았다. 그의 친구 로버트였다.

27

 자신의 인생이 갑자기 파멸을 맞았다는 게 밝혀지자 버질 올드먼은 일종의 마비 상태에 떨어졌다. 그 상태에서 벗어나는 데 오랜 시간이 필요했다. 그는 조수들이 입원시킨 신경과 병원에서 잠복성 긴장증 상태에 빠진 사람처럼 침대에 누운 채, 혹은 소파에 파묻혀 여러 주를 보냈다. 어떤 일도, 그 누구도 그의 관심을 끌 수 없었다. 절대 떨쳐버릴 수 없을 것 같은 몇 가지 이미지에 골몰해 있는 것 같았다. 텅 빈 그의 전시실. 이제는 아무것도 걸려 있지 않고 못만 여기저기 박혀 있는 벽. 당혹스럽고도 불완전한 진실을 고집스레 알려주던 자동인형. 처음 그를 만났을 때의 클레어의 얼굴. 그리고 어쩌면 일종의 경직된 그 의식 상태에서 경매사를 서서히 살아나게 한 것은 계속 떠오르는 그녀에 대한 기억이었는지도 몰랐다.

그는 병원 정원 벤치에 몇 시간이고 꼼짝하지 않고 앉아 계속 자기 앞의 허공만 뚫어지게 바라보고 있었다. 그리고 그 허공 속에서, 그날 클레어를 찾으러 달려갔던 이벳슨 저택의 모습을 다시 보았다. 안으로 들어가지 못해 거기까지 달려간 게 아무 소용없었다. 완전히 폐쇄됐음을 알리듯, 굵은 쇠사슬이 철책 문에 둘러쳐져 있었다. 이번에도 버질은 자신이 받아들이기 힘든 이 불분명한 수수께끼를 풀어줄 사람의 자취가 나타나길 기다리며 저택 앞의 바 유리창 뒤에 숨어서 지켜봤다.

난쟁이 여자의 작은 목소리가 머릿속에 되살아났다. 그는 혹시 보통 키에 밝은 금발 머리, 얼굴이 약간 창백한 젊은 여자가 저택에 도착하거나 저택에서 나가는 걸 본 적 있느냐 절망적으로 물었다. 숫자를 사랑하고 어떤 수학 문제도 척척 풀어내는 그 여자는 유리창에서 눈을 떼지 않은 채 '339'라는 숫자를 말했다. 지난 2년 동안 그 여자가 수도 없이 이벳슨 저택에 들어오고 나오는 걸 봤다고 말했다. 누군가 그 저택에 가구와 장식품을 옮겨놓은 그날 이후부터 말이다. 지금 저택은 늘 그랬듯이 다시 텅 비어 있었다. 참을 수 없는 떨림이 버질의 온몸으로 번졌다.

"그럴 리가……."

그는 모호하면서도 순진한 눈길로 그를 뚫어지게 바라보는, 볼품없는 난쟁이 여자 옆에 있는 의자에 힘없이 주저앉으며 중얼거렸다.

"저택에 관심이 있으시면 좋은 가격에 드릴게요."

처음에 경매사는 숨을 쉴 수도 없었다. 잠시 후 그는 차근차근 질문하기 시작했다. 현기증 나는 진실 속으로 점점 더 빠져들었다. 그 저택의 주인은 바로 그녀, 작은 체구에 나이를 정확히 가늠하기 어려운 그 여자였다. 그녀가 저택을 상속 받은 것은 그리 오래되지는 않았으나 그 저택을 어떻게 관리해야 할지 몰라 이따금 영화나 텔레비전 촬영지로 빌려줬다. 그러면 저택에서 시대물을 촬영했다. 그런데 대략 2년 전쯤, 어떤 기계 수리공에게 집을 빌려줬다. 그 기계공은 이 바의 위층에 살고 있는 그녀가 건물의 다른 주민처럼 계단을 사용하지 않고 자기 아파트로 올라갈 수 있게 엘리베이터를 개조해 만들어줬다.

"진짜 호감 가는 청년이었어요. 못하는 게 없었죠. 항상 제 뺨에 키스를 해줬어요. 꽃도 사주고……."

난쟁이 여자가 웃었다. 잠시 어린아이처럼 보였다.

버질은 그녀가 로버트를 말하고 있다는 것을 알아차렸고 안색이 창백해졌다. 그는 아무 말도 하지 않았다. 그리고 바를 떠나기 전 그녀에게 이름을 물었다. 여자가 대답했다.

"클레어 이벳슨이에요."

28

 병원에서 퇴원하자 버질 올드먼은 집으로 돌아갔다. 아무도 만나지 않은 채 오랫동안 집에 머물렀다. 하루 종일 클레어에게 전화를 하면서 시간을 보냈지만 그녀는 절대 전화를 받지 않았다. 여러 달이 지나고 나서야 그는 긴 기차 여행을 하기 위해 겨우 집 밖으로 나갈 수 있었다. 길을 걷는 동안 그는 눈앞에 펼쳐진 광경에서 눈을 떼지 않았지만 보지 않는 것이나 마찬가지였다. 그의 눈앞에 펼쳐지는 세상은 아직도 그를 괴롭히는 사건의 형상들 같았다.

 로버트의 작업장이 강박관념처럼 떠올랐다. 작업장은

완전히 텅 비었고, 셔터에는 가게를 판다는 광고문이 붙어 있었다. 한번은 경찰서 입구도 떠올랐다. 초상화들을 도둑맞았다고 신고하러 본능적으로 경찰서를 찾아가기는 했으나 신고를 포기했다. 지나치게 부끄러운 설명을 해야만 할지도 몰랐다. 그는 얽혀 있는 거미줄의 이미지들이 떠올랐다. 그리고 빌리 휘슬러가 그에게 선물로 보낸 그림이 떠올랐다. 캔버스 뒤에는 헌사까지 있었다. '우정과 감사의 마음을 담아. 빌리'. 그의 작품이 다 그렇듯 대수롭지 않았지만 여자의 초상화였다. 그 여자는 클레어였다.

29

 프라하 중앙역에 내리면서도 여전히 버질은, 단 한순간도 멈추지 않고 그녀의 모습을 다시 떠올렸다. 그의 짐을 옮기는 몇몇 짐꾼을 따라 선로 옆 인도를 걸으면서도 마찬가지였다. 그가 살기로 결정한 아파트에 들어설 때까지, 그리고 천문 시계가 있는 광장으로 난 창문을 열었을 때도 그는 279명의 충실한 여자들의 움직임 없는 시선 앞에서 자신을 포옹하던 클레어를 다시 떠올렸다. 그는 드넓은 광장 앞에서 잠시 몸이 마비된 듯 꼼짝 않고 있었다. 그와 같이 치밀한 전문가가 순진하게 믿을 수 있도록, 어떻게 그런 감정을 흉내 낼 수 있었는지 자문하는 것 같았다. 모든 위조품 속에 항상 진실한 무엇인가 들어 있다는 게 사실인지 자문하는 것 같았다. 클레어의 행동 중 어떤 게 진실한 것이었는지도.

30

 다음 날 아침 버질 올드먼은 손에 쥔 시내 지도를 들여다보면서 프라하 거리를 돌아다녔다. 그는 관광객도 아니었고 얼마 전까지의 괴짜 경매사 모습도 더 이상 찾아볼 수 없었다. 장갑도 끼지 않고 염색도 하지 않은 흰 머리에 대충 차려입은 모양새가 그냥 특징 없는 수많은 사람 중 하나로 보이게 했다.
 그가 구도시의 한 구역에 도착했을 때는 거의 점심 무렵이었다. 그는 뭔가를 찾듯 천천히 주위를 둘러보았다. 마침내 그의 눈길이 '밤과 낮'이라고 적힌 오래된 간판에 머물렀다. 클레어가 그에게 자주 말했던 레스토랑이었다.

정말 있었군.

버질은 깜짝 놀라 이렇게 생각했다. 그러면서 식당 입구 쪽으로 걸어갔다. 유리문을 지나자마자 너무나 매력적이고 독특한 내부에 넋을 잃었다. 클레어가 묘사했던 것과 똑같았다. 아직도 작동하는 낡은 기계 장치들이 벽과 천장을 뒤덮었다. 바퀴, 도르래, 크라운 기어, 로커 암*, 피니언**, 래크***, 웜 기어****, 감속기, 벨트, 변속장치 같은 것들이었다. 이 놀라운 장치들이 놓이지 않은 빈 공간에 테이블이 마련돼 있었다. 레스토랑의 손님들은 어디에 쓰이는지 알 수 없는 거대한 장치의 일부분 같았다.

버질은 한쪽 구석에 빈자리가 있는 것을 발견하고 본능적으로 그곳에 앉았다. 거기서 희한한 기하학적 구조의 기계장치들 사이로 입구 쪽을 볼 수 있었다. 그는 왼쪽으로 몸을 약간 기울여 문을 보았다. 그러자 마음이 안정되는 것 같았다. 바로 그때 종업원이 다가와 혼자 왔냐고 물

---

* 요동운동을 하는 레버기구의 짧은 팔.
** 맞물리는 한 쌍의 크고 작은 톱니바퀴 가운데 작은 톱니바퀴, 혹은 래크와 맞물리는 기어.
*** 곧은 막대에 직선상으로 이를 낸 것.
**** 두 개의 직교하는 축 사이에서 회전 속도를 낮추는 일방 기어 장치.

었다. 경매사는 잠시 생각을 하다가 한 사람을 기다리고 있다고 대답했다. 그리고 기다리기 시작했다.

옮긴이의 말

〈베스트오퍼〉는 〈시네마천국〉으로 잘 알려진 주세페 토르나토레 감독의 소설로 2013년에 영화로도 제작되었다. 기존의 소설을 원작으로 한 영화들과 달리 〈베스트오퍼〉는 영화 대본을 소설로 발전시킨 작품이다.

토르나토레는 이 작품의 서문에서 소설의 탄생과정을 자세히 이야기한다. 이미 1980년대 중반부터 타인과의 소통에 극심한 공포를 느껴 집 안에 틀어박혀 지내는 여자와 미술계에서 열심히 활동하는 남자에 대한 아이디어를 가지고 있었다고 한다. 절대 만날 일이 없어 보이는 두 인물 때문에 창작 과정은 길 수 밖에 없었다. 마침내 두 인물을 같은 선상에 놓자 인물들이 상호작용을 하며 광장 공포증이 있는 여인의 이야기와 경매사의 이야기가 완벽한 서사를 만들어내서 영화를 위한 작업에 착수할 수 있게 되었다.

토르나토레는 특히 영화상의 등장인물을 마치 소설 주인공처럼 문학적으로 그리려 애썼는다. 그러한 작업의 결과로 이 소설이 탄생하게 되었다. 그러나 토르나토레는 이 소설이 진정한 소설이라기보다는 한 영화감독의 작업을 증언하는 텍스트에 가깝다고 말한다. 그러나 '작가' 토르나토레의 겸손한 말과는 달리 이 작품에는 영화보다는 이야기로 더 적절히 표현할 수 있는 부분이 담겨 있어서 소설이라고 하기에 부족함이 없어 보인다.

〈베스트오퍼〉는 러브스토리와 미스터리가 적절하게 결합된 추리소설 성격을 띤다. 육십 대의 유명한 미술품 전문가이자 경매사인 주인공 버질 올드만은 차갑고 이성적이며 세상과 관계를 맺지 않은 채 살아간다. 그는 아름다운 것들, 특히 예술품과 고급스러운 것들을 사랑하며 편집증이 있어서 장갑을 끼지 않고는 아무 것도 만지지 않는다. 그는 평생 어떤 여인도 사랑한 적이 없는데 인간관계에서 오는 고통을 두려워하기 때문이다. 그가 소장한, 값을 평가할 수 없는 초상화 속 여인들의 시선에서만 인간적인 감정을 느낄 뿐이다. 그 초상화들은 경매장에서 친구 빌리를 통해 비밀리에 싼 값에 구입한 작품이다. 그런 버질 앞에 클레어 이벳슨이라는 젊은 여인이 등장한다. 그녀는 광장공포증 때문에 오래 전부터 집에서 나오지 않았다. 그녀는 버질에게 자신이 상속받은 오래된 저택에 소장된 예술품들을 감정하고 경매해 달라는 부탁을 한다. 그렇게 버질과 클레어 둘 사이의 게임이 시작된다. 버질은 처음 느끼는 감정에 혼란스러워하며 미스터리한 클레어에게 다가간다.

한편 버질이 클레어의 저택에서 발견한 기계 부품은 또 다른 미스터리이다. 버질은 기계 수리공인 로버트라는 젊은이에게 그 부품들을 가져간다. 그러면서 버질은 로버트로부터 여자에 대한 조언과 충고를 듣고 그에 따라 행동한다. 부품들이 하나씩 맞춰져, 18세기 프랑스 발명가 보캉송의 서명이 든 로봇이 되어 가는 사이, 버질을 둘러

싼 거짓과 속임수는 더욱 복잡하게 뒤얽힌다.

사실 〈베스트오퍼〉는 거짓과 진실에 대한 이야기이다. 즉 위조품과 진품, 진정한 감정과 거짓 감정을 대비시키며 거짓 뒤에 진실이 어떻게 숨겨져 있는지를 보여준다. 버질 올드만은 "모든 위조품 속에는 늘 진실한 뭔가가 숨겨져 있다"고 말한다. 그런데 인간적인 감정도 예술작품처럼 위조할 수 있다면 그 속에도 진실한 뭔가가 들어 있지 않을까? 혹은 진실한 사랑 속에도 예기치 못한 거짓의 싹이 숨어 있을까?

모든 것을 잃고 프라하에 도착한 버질은 과연 위조품 속에 항상 진실의 일부가 숨겨져 있는지, 인간의 감정을 그럴 듯하게 흉내 내는 게 가능한 건지, 클레어의 행동에 약간의 진실이라도 담겨 있었는지 자문한다. 클레어가 말한 레스토랑에 혼자 앉아 긴 기다림을 시작하는 버질의 모습은 소설 초반에 그려진, 혼자 식사하는 버질의 모습을 상기시킨다. 그러나 이제 그는 예전의 버질이 아니다. 여전히 고독하기는 하지만 이제 그에게는 기다림과 희망이 있다.

제목인 "베스트오퍼"는 경매나 낙찰을 받을 때 제시하는 "최고 제시액"을 의미한다. 버질에게 "베스트오퍼"는 어떤 의미일까. 결과적으로 너무나 고통스러운 현실과 직면하기는 했으나 혹시 진실한 뭔가를 찾고 진정한 성인이 되기 위해 치른 통과의례 비용은 아니었을까.

이 현 경

감독 **주세페 토르나토레**
Giuseppe Tornatore,
1956.05.27. ~

작품 목록

감독 및 각본

《프로페서》Il Camorrista (1986)

《시네마 천국》Nuovo Cinema Paradiso (1988)

《모두 잘 지내고 있다오》Stanno tutti bene (1990)

《이스페셜리 온 선데이》(단편 〈Il cane blu〉) (1991)

《단순한 형식》Una pura formalità (1994)

《스타 메이커》L' Uomo delle stelle (1995)

《피아니스트의 전설》La Leggenda del pianista sull'oceano (1998)

《말레나》Malèna (2000)

《언노운 우먼》La Sconosciuta (2006)

《바리아》Baarìa (2009)

《베스트 오퍼》(2013)

각본

《팔레르모에서 100일》Cento giorni a Palermo, 주세페 페라라 감독 (1984)

수상 경력

1995년 제52회 베네치아 영화제 심사위원특별대상
1990년 제44회 영국 아카데미 시상식 각본상
1989년 제42회 칸 영화제 심사위원그랑프리

GIUSEPPE TORNATORE

 주세페 토르나토레는 이탈리아의 영화감독, 각본가, 제작자이다. 아카데미 외국어 영화상을 수상한 《시네마 천국》으로 알려져 있다.

 토르나토레의 영화는 향수를 불러일으키는 묘한 마력이 있다. 자신의 고향인 시실리의 지중해를 배경으로 한 평화로운 마을에서, 떠나버린 마을을 그리워하는 순수한 추억을 노래하는 영화가 많다. 따라서 영화는 휴머니즘의 따뜻한 시각으로 그려지며, 슬프지는 않으나 사람들의 눈물샘을 자극할 수 있다. 대표작 《시네마 천국》은 아동기에서부터 장년기까지 40여 년의 시간을 스크린에 담는다. 사라진 사람과 장소에 대한 향수가 《시네마 천국》 곳곳에 스며 있다면 《말레나》에는 전쟁 중에 훼손될 수밖에 없었던 아름다운 여성에 대한 기억이 자리한다. 또 그의 영화에는 낭만적 회고와 쓸쓸함이 있다. 하지만 이 때문에 그의 새로운 스릴러 시도였던 《언노운 우먼》은 그다지 호평을 받지 못하였다.

그는 엔니오 모리코네(Ennio Morricone)의 음악을 영화 배경음으로 많이 쓴다. 쿠엔틴 타란티노의 영화가 특이한 선곡으로 천재성을 빛내는 데 비해, 모리코네의 음악과 토르나토레의 영화는 그 자체가 하나의 유기체처럼 조화를 이룬다. 《시네마 천국》, 《피아니스트의 전설》에서 특히 그의 진가가 발휘된다.

기막힌 반전 역시 그의 작품의 특징이라 할 수 있다. 《베스트 오퍼》는 타인과의 접촉을 피하는 두 사람의 이야기이다. 장갑과 트롱프뢰유를 넘어 교감하며 외부와 맞닥뜨리고 진정한 사회화를 겪는다. 이 영화가 단순히 드라마라면 그렇게 크게 주목받지 못했을지도 모른다. 클레어와 가까워지는 과정에서 육십 평생 처음으로 사랑이라는 감정을 알게 된 버질이 맞은 최후는 진실 자체가 무엇인지 생각할 거리마저 제공한다. 최고 제시액을 지불하고 그가 얻은 것이 감독이 심은 반전이다.

토르나토레 감독은 《시크릿 레터》(2017) 이후 최근까지도 활발한 활동을 보이고 있다. 영화에 대한 그의 열정은 먼 미래의 관객마저 놀라게 할 것이다.

-편집팀-

Italian Literature

『경멸』 알베르토 모라비아 지음, 정란기 옮김
『유스』 파올로 소렌티노 지음, 로베르타 실바, 정경희 옮김
『황제를 찾아서』 로베르토 팟지 지음, 정란기 옮김
『어느하루, 피란델로 단편선집』 루이지 피란델로 지음, 정경희 옮김
『불완전한 경이로움』 안드레아 데 카를로 지음, 정란기 옮김
『베스트 오퍼』 주세페 토르나토레 지음, 이현경 옮김
『어머니』 그라치아 델레다 지음, 정란기 옮김
『나의 무정부주의자 친구』 안드레아 데 카를로 지음, 정란기 옮김
『추방자』 루이지 피란델로 지음, 박문정 옮김 *
『아르미누타』 도나텔라 디 피에트란토니오 지음, 정경희 옮김 *
『시크릿 레터』 주세페 토르나토레 지음, 공선민 옮김 *
『젊은 교황』 파올로 소렌티노 지음, 황정은 옮김 *
『콘크라베』 로베르토 팟지 지음, 박문정 옮김 *
『무솔리니 운하』 안토니오 펜나키 지음, 정란기 옮김 *
『사랑하는 사람들』 알베르토 모라비아 지음, 정란기 옮김 *
『무관심한 사람들』 알베르토 모라비아 지음, 정경희 옮김 *

『아고스티노』 알베르토 모라비아 지음, 정란기 옮김 *

New Cinema

『웨스 앤더슨의 영화』 휘트니 크로더스 딜리 지음, 최지원 옮김
『미카엘 하네케의 영화』 벤 매컨, 데이비드 소르파 외 지음, 안미경 옮김
『이탈리아 영화사_시기, 장르 1990년 초까지』 정란기 지음
『한국영화의 삼면화』(가제) 정한석 지음*
『주세페 토르나토레의 무의식 영화일기』 주세페 토르나토레 지음, 정란기 옮김 *
『푼크툼, 죽음의 사진영상미학』(가제) 김화자 지음*

Asian Cinema Collection

『한국영화감독 7인을 말하다』 주진숙, 김영진, 문재철, 이상용 외 지음
『아시아 다큐멘터리의 오늘』 아시아 다큐멘터리 네트워크 편저
『발리우드 너머의 영화』 전주국제영화제 편저
『잊혀진 중앙아시아의 뉴웨이브 영화』 부산국제영화제 편저
『부산국제영화제 20년, 영화의 바다속으로』 김지석 지음
『한국영화감독 4인을 말하다』 강성률 지음
『홍상수의 인간희극』 김시무 지음
『김기덕 홍상수』 김경욱, 장병원 지음

ITALIA

『루키노 비스콘티의 흔들리는 대지』 이탈치네마 편저
『루키노 비스콘티의 센소』 정란기 편저

『난니 모레티의 영화』 이바 마지에르스카, 라우라 라스카롤리 지음, 정란기 옮김
『이탈리아 영화사진여행 1960~1989』 안토니오 마랄디 편저
『이탈리아 영화사진여행 1990~2010』 안토니오 마랄디 편저
『이탈리아 영화사진여행 웃음& 바다』 안토니오 마랄디 편저
『이탈리아 영화사진여행 로셀리니 & 비스콘티』 안토니오 마랄디 편저
『제10회 이탈리아영화』 이탈치네마 편저
『파올로 타비아니』 남인영 지음
『뉴이탈치네마』 이탈치네마 편저
『실용이태리어 관용구』 공선민 지음
『영화로 배우는 이탈리아어』 정란기 편저 *
『소설로 배우는 이탈리아어』 정란기 편저 *
『영화로 떠나는 이탈리아 여행』(가제) 정란기 지음 *

Culture & Life

『영화가 내게로 왔다』 김사겸 지음
『필름 느와르 리더』 알랜 실버, 제임스 어시니 편저, 이현수, 장서희 옮김
『티비 혁명』 아만다 D. 로츠 지음, 길경진 옮김
『다르게 영화보기』 윤동환 지음
『할리우드 독점전쟁_파라마운트 소송 바로보기』 장서희 지음
『코스타 가브라스』 김영진 지음
『두기봉』 주성철 지음
『내가 만난 한국영화』 임안자 지음

*2019년 출간예정

옮긴이 이현경

한국외국어대학교 이탈리아어과와 동 대학원을 졸업한 뒤, 비교문학과에서 박사학위를 받았다. 이탈리아 대사관이 주관하는 제1회 번역문학상과 이탈리아 정부에서 주는 국가번역상을 수상했으며, 2016년 한국출판문화상 번역부문 최종 후보에 올랐다. 현재 한국외국어대학교 이탈리아 통번역학과에서 학생들을 가르치고 있다. 옮긴 책으로는 『보이지 않는 도시들』, 『나무 위의 남작』, 『어느 겨울밤 한 여행자가』, 『이것이 인간인가』, 『주기율표』, 『가족어 사전』, 『바우돌리노』, 『미의 역사』, 『다마쎄누 몬테이루의 잃어버린 머리』, 『펀치 콘티니가의 정원』 등이 있다.

더 베스트 오퍼

초판 발행 2018년 12월 10일

지은이 주세페 토르나토레
옮긴이 이현경

발행인 정란기 | **편집** 김보미, 정나겸, 김혜린
디자인 정혜미 | **인쇄** 갑우문화사

펴낸곳 본북스
출판등록 2015년 9월 9일 (제2016-000208호)
전화 02-595-3670, 02-575-3670 | **팩스** 02-575-3666
페이스북 https://www.facebook.com/buonbooks
블로그 https://blog.naver.com/italiabook
전자우편 italiabook@naver.com

ISBN 979-11-87401-17-9 03880

* 잘못된 책은 구입한 서점에서 교환해 드립니다.
* 책값은 뒤표지에 있습니다.